JOJO
MOYES

Книги
ДЖОДЖО МОЙЕС

До встречи с тобой

Девушка, которую ты покинул

Последнее письмо от твоего любимого

Корабль невест

Один плюс один

Серебристая бухта

Вилла «Аркадия»

Танцующая с лошадьми

Ночная музыка

После тебя

Счастливые шаги под дождем

Две встречи в Париже

ДЖОДЖО МОЙЕС

Две встречи в Париже

Издательство «Иностранка»
МОСКВА

УДК 821.111
ББК 84(4Вел)-44
М74

Перевод с английского Ольги Александровой

Оформление обложки Виктории Манацковой

Издание подготовлено при участии
издательства «Азбука».

ISBN 978-5-389-11260-5

МЕДОВЫЙ МЕСЯЦ В ПАРИЖЕ

Глава 1

Париж, 2002 год

Лив Халстон, судорожно вцепившись в ограждение Эйфелевой башни, смотрит сквозь проволоку, украшенную бриллиантами крошечных лампочек, на раскинувшийся перед ней Париж и мысленно спрашивает себя: бывает ли более неудачный медовый месяц, чем этот?

Вокруг нее приехавшие целыми семьями туристы испуганно взвизгивают, отпрянув от ограждения, или же, наоборот, театрально облокачиваются на сетку для эффектного снимка, и все это под бесстрастными взглядами стражей порядка. С запада на них надвигаются огромные пылающие комья грозовых облаков. От пронизывающего ветра у Лив розовеют уши. Кто-то запускает бумажный самолетик, и она смотрит, как тот, подхваченный порывом ветра, планирует вниз, превращаясь в едва заметную точку, и наконец исчезает из виду. Где-то там внизу, на элегантных бульварах, а может, в старинных парках или на живописных набережных Сены, ее молодой муж. Муж, который на третий день их медового месяца сообщил ей, что ему очень жаль, но сегодня утром у него кое с кем деловая встреча. Насчет известного ей дома на городской окраине. Буквально на час. Он постарается не задерживаться. Она ведь не обидится, да? Муж, которому она заявила, что если он сейчас оставит ее одну в номере отеля, то может вообще выметаться и больше не возвращаться.

Дэвид решил, что она шутит. А она — что шутит он.

— Лив, это очень важно, — снисходительно усмехнулся он.

— Так же как и наш медовый месяц, — парировала она.

Они уставились друг на друга так, словно каждый из них видел перед собой незнакомца.

— Боже мой! Думаю, мне пора спускаться вниз. — Какая-то американка со здоровенным кошельком на поясе, обернутым вокруг талии, и волосами цвета золоченого имбирного пряника испуганно округляет глаза. —

Я боюсь высоты. Вы слышите, как она трещит?

— Да вроде бы нет, — отвечает Лив.

— Вот и мой муж точно такой же. Всегда спокойный как слон. Может хоть весь день тут стоять. А меня в этом чертовом лифте чуть инфаркт не хватил. — Она бросает взгляд в сторону бородатого мужчины, старательно что-то снимающего дорогой камерой, ежится и, держась за перила, идет по дорожке в сторону лифта.

Ее выкрасили в коричневый цвет, Эйфелеву башню. Шоколадного оттенка. На редкость безобразный цвет для такого изящного сооружения. Лив поворачивается, чтобы поделиться с Дэвидом, но сразу вспоминает, что Дэвида с ней нет. А ведь она мечтала подняться с Дэвидом на Эйфелеву башню с той самой минуты, как он предложил ей провести неделю в Париже. Они будут стоять в обнимку, возможно, поздно вечером и любоваться с высоты птичьего полета «городом огней». И у нее от счастья закружится голова. А он посмотрит на нее долгим взглядом, совсем как тогда, когда делал ей предложение. И она будет чувствовать себя самой счастливой женщиной на земле.

Но неделя превратилась в пять дней из-за жизненно важной встречи в пятницу в Лондоне, а пять дней — в два из-за неожиданной, но опять же жизненно важной встречи. И вот теперь Лив стоит, дрожа как осиновый лист в летнем платье, которое купила исключительно потому, что оно подходило под цвет ее глаз и он, как она надеялась, должен был это заметить, а между тем небо потихоньку затягивается серой пеленой, моросит мелкий противный дождик. И у нее сразу возникает вопрос: хватит ли ее школьных познаний французского, чтобы поймать такси и вернуться в отель? Или, может, лучше пройтись пешком под дождем? Самое то при таком поганом настроении.

Она встает в хвост очереди к лифту.

— А что, вы своего тоже там оставили?

— Моего — кого?

Рядом с ней та самая американка. Она с улыбкой кивает на сияющее обручальное кольцо Лив:

— Вашего мужа.

— Он... не со мной. У него... сегодня дела.

— Ой, так вы приехали сюда по делам? Надо же, как вам повезло! Ему досталась вся работа, а вам — осмотр достопримечательностей. — Женщина громко смеется. — Я смотрю, вы хорошо устроились, дорогуша.

Лив бросает прощальный взгляд на Елисейские Поля и чувствует неприятный холодок внизу живота.

— Да. Ну разве я не везучая?

Слишком скоропалительный брак... предупреждали ее друзья. В шутку, конечно, но, учитывая, что Дэвид сделал ей предложение через три месяца и одиннадцать дней знакомства, в этой шутке имелась некоторая доля истины.

Она не хотела пышной свадьбы, ведь отсутствие матери в любом случае омрачило бы мероприятие. Поэтому они с Дэвидом остановились на церкви в Италии, в Риме, где она купила на Виа Кондотти готовое белое платье неизвестного, но ужасно дорогого дизайнера, а затем приняла участие в церемонии на незнакомом языке, поняв в результате, что стала законной женой, лишь тогда, когда Дэвид надел ей на палец кольцо. Уже после Карло, приятель Дэвида, который помог все организовать и стал одним из свидетелей, разыграл ее, заявив, будто она согласилась почитать и слушаться Дэвида, а также беспрекословно принимать других жен, будь на то воля мужа обзавестись еще парочкой. Она потом хохотала целые сутки, не меньше. Она не сомневалась, что поступает правильно. Не сомневалась с той самой минуты, как встретила его. Не сомневалась даже тогда, когда отец сразу погрустнел, услышав новости, хотя и поспешил замаскировать обиду бурными поздравлениями. Именно тогда она с раскаянием поняла, что, в отличие от нее, отец, как единственный здравствующий родитель, возможно, хотел для нее пышной свадьбы. Она не сомневалась, когда перевезла свои скромные пожитки в жилище Дэвида — стеклянное сооружение на крыше бывшего склада на берегу Темзы, — один из первых домов, построенных по его проекту. В течение шести недель между свадьбой и медовым месяцем она каждое утро просыпалась в Стеклянном доме и видела бескрайнее небо над головой, а потом смотрела на спящего мужа, в очередной раз убеждаясь, что им хорошо вместе. А как могло быть иначе при такой страстной любви?

— А тебе не кажется... ну я не знаю... что ты еще слишком молодая? — Жасмин у кухонной раковины удаляла воском волосы на ногах. Лив сидела за столом и наблюдала за процедурой, попыхивая запретной сигареткой. Дэвид не любил, когда курят. Она заверила его, что бросила еще в прошлом году. — Нет, Лив, я серьезно. Но ты реально ведешь себя чересчур импульсивно. Например, можешь на спор побрить голову. Или бросить работу, чтобы отправиться в кругосветное путешествие.

— Можно подумать, я единственная, кто на такое способен!

— Ты единственная из моих знакомых, кто сделал это в один день. Ну не знаю, не знаю. Просто все как-то слишком быстро.

— Согласна. Но я уверена, что поступаю правильно. Ведь мы так счастливы вместе. И мне даже трудно представить, что я могу на него хоть за что-то дуться или сердиться. Он такой... — Лив пустила в потолок колечко дыма, — идеальный.

— Ну, он определенно очень милый. Мне просто не верится, что именно ты собираешься замуж. Ведь ты вечно клялась, что этому не бывать.

— Знаю.

— Ой! Блин, как больно! — Жасмин оторвала восковую полоску и скривилась при виде налипших волос. — Хотя он, конечно, жутко сексапильный. И у него, похоже, потрясающий дом. Уж наверняка лучше этой дыры.

— Когда я просыпаюсь рядом с ним, мне кажется, будто я вдруг оказалась на страницах глянцевого журнала. Все так круто. И мне не пришлось перетаскивать туда свои вещи. Господи помилуй, у него даже льняные простыни! Реально льняные! — Она снова пустила вверх колечко дыма. — Из натурального льна!

— Ну да. А кому в результате придется гладить эти его льняные простыни?

— Не мне. У него есть домработница. Он говорит, что мне не придется заниматься такими вещами. По-моему, он догадался, что домохозяйка из меня никакая. На самом деле он хочет, чтобы я подумала насчет аспирантуры.

— Аспирантуры?

— Он говорит, жаль понапрасну растрачивать такие способности.

— Что еще раз свидетельствует о том, как мало он тебя знает. — Жасмин вывернула лодыжку, чтобы посмотреть, не осталось ли чего лишнего. — Итак? Ты действительно собираешься в аспирантуру?

— Не знаю. У меня сейчас куча дел с этим переездом, со свадьбой, да и вообще. Мне пока кажется, что сперва надо привыкнуть к замужеству.

— Жена, — лукаво ухмыльнулась Жасмин. — Умереть не встать! Женушка.

— Кончай. У меня от всего этого и так крыша едет.

— Женушка.

— Прекрати!

Но Жасмин никак не унималась, и Лив пришлось шлепнуть ее посудным полотенцем.

Когда она возвращается в отель, Дэвид уже там. Лив рискнула пойти пешком, но небеса буквально разверзлись, и она насквозь промокла, даже платье прилипло к ногам. Она проходит мимо стойки портье, и ей кажется, будто он окидывает ее многозначительным взглядом, который специально приберегает для женщин, чьи мужья назначают деловые встречи во время медового месяца. Она открывает дверь номера и видит, что Дэвид разговаривает по телефону. Он поворачивается, испытующе смотрит на нее и прерывает разговор.

— Где ты была? Я уже начал беспокоиться.

Она стаскивает мокрый жакет и тянется за плечиками, чтобы повесить его в шкаф.

— Поднималась на Эйфелеву башню. А обратно шла пешком.

— Ты промокла до нитки. Сейчас приготовлю тебе ванну.

— Не нужна мне никакая ванна.

Ей очень нужна горячая ванна. Лив мечтала о ней всю дорогу, пока тащилась под этим треклятым дождем.

— Тогда я попрошу принести чая.

Он звонит в службу обслуживания номеров, а она тем временем поворачивается, входит в ванную комнату и закрывает за собой дверь, чувствуя спиной взгляд Дэвида. Она и сама не понимает, что вдруг на нее нашло. Ведь уже на обратном пути она твердо решила вести себя с мужем как ни в чем не бывало, чтобы не портить еще больше сегодняшний день. Ну подумаешь, всего-навсего одна деловая встреча! Ведь она еще на первом свидании все про него поняла, когда он провез ее по Лондону, рассказывая о предыстории и дизайне современных зданий из стекла и стали.

Но когда она переступила порог номера отеля, ее словно заклинило. Она увидела, что он говорит по телефону, явно решая какие-то рабочие вопросы, и все ее благие намерения разом испарились. Вот так-то ты обо мне беспокоишься! — думает она. Преспокойно обсуждаешь себе толщину стекла входной двери нового здания или дополнительную обвязку на крыше для компенсации веса второй вентиляционной шахты.

Она наполняет ванну, наливает дорогую мыльную пену и со вздохом облегчения ложится в горячую воду. Через несколько минут раздается стук в дверь и входит Дэвид.

— Чай, — говорит он, ставя чашку на край мраморной ванны.

— Спасибо.

Лив молча ждет, когда он уйдет, но он садится на опущенную крышку унитаза, наклоняется вперед и смотрит на жену:

— Я заказал нам столик в «Куполь».

— На сегодня?

— Да, я тебе уже говорил. Это ресторан, где стены расписывали художники, которые...

— Дэвид, я ужасно устала. Весь день на ногах. Не уверена, что сегодня мне захочется куда-нибудь идти. — Она старательно отводит глаза.

— Но вряд ли мне удастся забронировать столик на завтра.

— Извини. Но я просто хочу поесть в номере и лечь спать.

Зачем ты это делаешь?! — мысленно одергивает она себя. Зачем портишь свой медовый месяц?!

— Послушай, мне очень жаль, что сегодня так получилось. Хорошо? Но я уже несколько месяцев добиваюсь встречи с Голдштейнами. И оказалось, что они сейчас в Париже. Более того, они наконец согласились посмотреть мой проект. Того здания, о котором я тебе уже рассказывал. Очень большого. И мне кажется, им понравилось.

Лив сидит, уставившись на пальцы ног, розовые и блестящие от горячей воды.

— Ну, я рада, что все прошло удачно.

В ванной становится неестественно тихо.

— Ненавижу. Ненавижу, когда ты такая несчастная.

Она смотрит прямо на него. Видит его голубые глаза, его вечно растрепанные волосы, его лицо, которое он по привычке закрывает ладонями. Секундное сомнение, и вот она уже протягивает ему руку, которую он нежно сжимает.

— Не обращай на меня внимания. Я глупая. Ты прав. И я отлично понимаю, как важен для тебя этот заказ.

— Лив, так оно и есть. А иначе я ни за что бы тебя не оставил. Я уже много месяцев — нет, лет — тружусь над проектом. Если мне удастся его пропихнуть, то дело в шляпе. Я становлюсь партнером. И приобретаю известность.

— Понимаю. Послушай, не отказывайся от столика. Мы пойдем. После ванны мне наверняка станет легче. И мы сможем составить план на завтрашний день.

Он накрывает ее руку своей ладонью. Но ее мокрые от мыльной воды пальцы так и норовят выскользнуть.

— Ну... Тут вот какая штука получается. Они хотят, чтобы завтра я встретился с руководителем проекта.

Лив замирает.

— Что?

— Они специально вызвали его сюда. Прилетает самолетом. Они хотят встретиться со мной в их апартаментах в «Рояль Монсо». А что, если тебе сходить в спа-салон, пока я буду с ними? Спа-салон там наверняка потрясающий.

Она смотрит на него в упор:

— Ты серьезно?

— Совершенно. Я слышал, по оценкам французского «Вог», это лучший...

— Я говорю не о твоем чертовом спа-салоне.

— Лив, это значит, что они реально заинтересованы. И мне надо постараться использовать их интерес по максимуму.

Когда к ней наконец возвращается дар речи, ее голос звучит как-то странно глухо:

— Пять дней. Дэвид, наш медовый месяц всего пять дней. Даже не неделя. И ты говоришь, что они не могут подождать и провести встречу хотя бы через семьдесят два часа?

— Лив, это Голдштейны. Миллиардеры только так и не иначе ведут дела. Приходится подстраиваться под их расписание.

Она смотрит на свой педикюр, который обошелся ей в целое состояние, и вспоминает, как они с маникюршей смеялись, когда она, Лив, сказала, что теперь ее пальчики выглядят вполне съедобными.

— Дэвид, уйди, ради бога.

— Лив, я...

— Просто оставь меня одну.

Он поднимается с сиденья унитаза, но она на него не смотрит. Когда Дэвид закрывает за собой дверь ванной, Лив зажмуривается и медленно погружается с головой под горячую воду, чтобы ни о чем не думать и ничего не слышать.

Глава 2

Париж, 1912 год

— Никакого бара «Триполи».

— Нет-нет, в бар «Триполи».

Эдуард Лефевр, при всей своей корпулентности, как ни странно, нередко напоминал малыша, которому сообщили о неминуемом наказании. Он обиженно посмотрел на меня сверху вниз и, надув щеки, сказал:

— Да будет тебе, Софи! Только не сегодня. Давай сходим куда-нибудь поесть. И забудем хотя бы на вечер о финансовых проблемах. Мы ведь только что поженились! Как никак, но это ведь наш lune de miel![1] — Он пренебрежительно махнул рукой в сторону вывески с названием бара.

Сунув руку в карман, я нащупала свернутую пачку долговых расписок.

— Мой возлюбленный муж, мы не можем даже на вечер забыть о финансовых

1 Медовый месяц *(фр.)*. — *Здесь и далее примеч. перев.*

проблемах. У нас нет денег на еду. Ни сантима.

— А деньги из галереи «Дюшан»...

— Пошли на квартирную плату. Если помнишь, ты не платил еще с лета.

— А заначка в копилке?

— Истрачена два дня назад, когда тебе взбрендило угостить всех завтраком в «Моей Бургундии».

— Но это же был свадебный завтрак! И у меня возникло непреодолимое желание хоть как-то отдать должное Парижу. — Он на секунду задумался. — А деньги в кармане моих синих панталон?

— Истрачены вчера вечером.

Он похлопал руками по карманам, но не обнаружил ничего, кроме мешочка с табаком. Вид у него был настолько обескураженный, что я с трудом сдержала смех.

— Мужайся, Эдуард. Все наладится. Если хочешь, я могу сходить и очень мило попросить твоих друзей расплатиться по долгам. Тебе вообще не придется ничего делать. Они не смогут отказать женщине.

— И тогда мы уедем?

— И тогда мы уедем. — Я встала на цыпочки и поцеловала его в щеку. — А сейчас мы пойдем и купим какой-нибудь еды.

— Сомневаюсь, что мне кусок в горло полезет, — проворчал он. — Разговоры о деньгах вызывают у меня несварение желудка.

— Эдуард, ты точно захочешь есть.

— Не вижу смысла делать это прямо сейчас. Наш lune de miel, по идее, должен продолжаться целый месяц. Месяц любви! Я поинтересовался у одной своей светской покровительницы, она знает все о таких вещах. Уверен, у меня где-то завалялись деньги... Ой, погоди, а вот и Лаура! Лаура, иди сюда, познакомься с моей женой Софи!

За те три недели, что я пробыла миссис Эдуард Лефевр, а если честно, уже несколько месяцев до того, я успела понять, что по своим масштабам долги моего мужа намного превосходят его талант художника. Эдуард был щедрейшим из мужчин, хотя и не имел финансовых возможностей для подобной щедрости. Его картины хорошо продавались, что вызывало естественную зависть у его товарищей из Академии Матисса, но он никогда не трудился требовать за свои работы таких тривиальных вещей, как наличные деньги, довольствуясь взамен постоянно увеличивающейся пачкой долговых обязательств. И если господа Дюшан, Берси и Стиглер могли позволить себе украсить стены его утонченной живописью и к тому же набить животы вкусной едой, то Эдуарду приходилось неделями перебиваться хлебом с сыром и паштетом.

Я пришла в ужас, обнаружив плачевное состояние его финансов. Причем отнюдь не из-за нехватки у него средств — когда я познакомилась с Эдуардом, то сразу поняла, что ему не суждено разбогатеть, — а скорее из-за того пренебрежения, с которым к нему, похоже, относились его так называемые друзья. Они обещали вернуть деньги, но то были пустые посулы. Они пили его вино, пользовались его гостеприимством, но практически ничего не давали взамен. Эдуард был именно тем, кто заказывал напитки для всех, еду для дам, — одним словом, обеспечивал хорошее времяпрепровождение для всех, но, когда приносили счет, его собутыльники, словно по мановению волшебной палочки, исчезали.

— Дружба для меня дороже денег, — обычно говорил он, когда я изучала его счета.

— Твои чувства заслуживают восхищения, любимый. Но, к сожалению, дружбу на хлеб не намажешь.

— Я женился на деловой женщине! — с гордостью восклицал он.

В первые дни после нашей свадьбы я могла смело считать себя скальпелем для вскрытия нарывов, однако Эдуард неизменно гордился мной.

Я смотрела в окно бара «Триполи», пытаясь понять, кто там внутри. Когда я повернулась, Эдуард разговаривал с какой-то женщиной. В чем я не нашла ничего необычного: мой муж знал чуть ли не всех в пределах Пятого и Шестого округов. Было невозможно пройти и сотни ярдов, чтобы Эдуард не обменялся с кем-нибудь приветствиями, добрыми пожеланиями, не угостил приятеля сигареткой.

— Софи! — сказал он. — Иди сюда! Хочу познакомить тебя с Лаурой Леконт.

Я на секунду замялась. Судя по нарумяненным щекам, туфлям без задника, Лаура Леконт была fille de rue[1]. Когда мы впервые познакомились, он сообщил, что нередко использует их в качестве моделей; они идеально подходят для этого, говорил он, так как совершенно не стесняются своего тела. Наверное, меня должно было шокировать,

[1] Проститутка *(фр.)*.

что он хочет познакомить меня, свою жену, с падшей женщиной. Но я сразу поняла, что Эдуарду плевать на условности. Я знала, ему нравятся гулящие девки, более того, он относился к ним с уважением, и мне не хотелось ронять себя в его глазах.

— Приятно познакомиться с вами, мадемуазель, — сказала я.

Я протянула ей руку, специально использовав официальное «вы» для того, чтобы высказать ей свое уважение. У нее оказались такие мягкие пальцы, что я практически не почувствовала рукопожатия.

— Лаура довольно часто мне позирует. Помнишь портрет женщины, сидящей на синем стуле? Тот, что тебе особенно понравился? Это Лаура. Она великолепная натурщица.

— Вы слишком добры, месье Лефевр, — ответила она.

Я тепло улыбнулась Лауре:

— Знаю эту картину. Прекрасный образ. — (Она удивленно приподняла брови. Уже после я поняла, что ей нечасто приходилось получать комплименты от других женщин.) — Вы кажетесь просто роскошной женщиной.

— Да, роскошной. Софи абсолютно права. На этой картине ты выглядишь действительно роскошно, — согласился Эдуард.

Взгляд Лауры заметался между Эдуардом и мной, словно она пыталась понять: случайно, не издеваюсь ли я над ней?

— Когда Эдуард впервые меня изобразил, я у него получилась похожей на отвратительную старую деву, — успокоила я Лауру. — Злобную и жутко противную. Помнится, Эдуард тогда еще сказал, что я уж больно чопорно держусь.

— Я никогда бы такого себе не позволил, — заявил Эдуард.

— Но ты так подумал.

— Что ж, картина получилась действительно ужасной, — согласился Эдуард. — Причем исключительно по моей вине. — Он посмотрел на меня. — Но зато теперь я при всем желании не смогу написать с тебя плохой портрет.

Когда я ловила на себе его взгляд, меня почему-то по-прежнему бросало в краску. Разговор на секунду прервался. Я отвернулась.

— Поздравляю вас с удачным замужеством, мадам Лефевр. Вы очень везучая женщина. Хотя, возможно, не такая везучая, как ваш муж.

Она кивнула мне, затем — Эдуарду и, подобрав юбки, пошла прочь по мокрому тротуару.

— Не смей так смотреть на меня при посторонних! — проводив ее глазами, набросилась я на Эдуарда.

— А мне нравится. — До нелепого довольный собой, он неспешно прикурил сигарету. — Ты так мило краснеешь.

Эдуард увидел в табачной лавке человека, с которым хотел потолковать, поэтому я вошла в бар «Триполи» и несколько минут рассматривала месье Динана, сидевшего, как всегда, за столиком в углу. Я попросила принести стакан воды и перекинулась парой фраз с барменом. Затем сняла шляпу и подошла поздороваться с месье Динаном. Он поднял на меня глаза, но, похоже, узнал лишь по рыжим волосам.

— А... Это вы, мадемуазель. Как поживаете? Вечер сегодня на редкость холодный, да? Эдуард в порядке?

— У него все отлично, месье, благодарю. Не могли бы вы уделить мне две минуты? У меня к вам личное дело.

Он обвел глазами стол. Сидевшая справа от него женщина ответила ему недовольным взглядом. А вот мужчина напротив был настолько увлечен разговором со своим соседом, что ничего не заметил.

— Не думаю, что у нас с вами есть личные дела для обсуждения, мадемуазель. — Месье Динан покосился на свою спутницу.

— Как пожелаете, месье. Тогда давайте поговорим прямо сейчас. Речь идет о деньгах за картину. Эдуард продал вам чудесную работу, сделанную масляной пастелью, — «Рынок в Гренуе», — за которую вы обещали ему... — я проверила расписку, — пять франков, так? Он был бы вам очень признателен, если бы вы прямо сейчас уплатили эту сумму.

У Динана мгновенно вытянулась физиономия. Веселого настроения как не бывало.

— Вы что, взяли на себя роль сборщика долгов?

— Месье, по-моему, это слишком сильно сказано. Я просто привожу в порядок финансы Эдуарда. И оплата вот этого конкретного счета, насколько я понимаю, просрочена на семь месяцев.

— Я не намерен обсуждать финансовые вопросы в присутствии своих друзей. —

Он с негодованием отвернулся от меня, но я к этому была готова.

— Тогда, месье, боюсь, мне придется стоять здесь до тех пор, пока вы не соблаговолите решить вопрос.

Оказавшись под прицелом глаз буквально всех сидевших за столом, я даже бровью не повела. Меня было нелегко смутить. Ведь я выросла в гостинице в Сен-Перроне и уже с двенадцати лет помогала отцу вышвыривать из бара забулдыг, убирала мужской туалет и слышала такую отборную брань, которая вогнала бы в краску самую прожженную уличную девку. Поэтому театральное негодование месье Динана на меня не подействовало.

— Ну, тогда вам придется стоять здесь весь вечер. У меня нет при себе такой суммы.

— Прошу прощения, месье, но, прежде чем подойти, я имела удовольствие за вами наблюдать. И не могла не заметить ваш туго набитый бумажник.

При этих словах один из его приятелей разразился гомерическим хохотом:

— Динан, похоже, она тебя раскусила.

Что разъярило его еще сильнее.

— Да кто ты такая? И почему считаешь себя вправе меня позорить? Эдуард никогда бы себе такого не позволил. Уж он-то хорошо понимает, что такое настоящая мужская дружба. Он никогда не стал бы нарушать приличия, настырно требуя денег и конфузя человека на глазах у его друзей. — Динан злобно покосился на меня. — А! Теперь припоминаю... Ты та самая продавщица. Маленькая продавщица Эдуарда из «Ля фам марше». Да откуда тебе знать, как положено себя вести в том кругу, где вращается Эдуард?! Ты ведь ужасно... — он буквально плевался в меня словами, — провинциальная.

Что ж, он знал, как задеть меня за живое. Я почувствовала, что начинаю краснеть.

— Ваша правда, месье. Если заботу о куске хлеба можно счесть чем-то провинциальным. И даже продавщица способна увидеть, что друзья Эдуарда бессовестно пользуются его щедростью.

— Я ведь сказал ему, что заплачу.

— Семь месяцев назад. Вы обещали заплатить ему еще семь месяцев назад.

— А с какой стати я должен перед тобой отчитываться? И с каких это пор ты стала chien mechant[1] Эдуарда? — окрысился он.

1 Злая собака *(фр.)*.

Я оцепенела от неожиданности. А затем услышала за спиной громовые раскаты голоса Эдуарда, словно исходившие из недр его груди.

— Как ты назвал мою жену?!

— Твою жену?

Я обернулась. Еще никогда я не видела столь грозного выражения на лице своего мужа.

— Динан, похоже, ты не только старый урод, но еще и глухой, да?

— Так ты женился на ней? На этой продавщице с кислой рожей?

Просвистев справа от моего уха, кулак Эдуарда угодил Динану прямо в челюсть. Удар был такой силы, что Динан полетел вверх тормашками. Он рухнул на гору перевернутых стульев, попутно опрокинув стол. Вино из разбитой бутылки забрызгало платья его спутниц, и те завизжали как резаные.

В баре внезапно стало тихо, даже скрипач опустил смычок, оборвав мелодию. Воздух словно наэлектризовался. Динан, растерянно моргая, попытался встать на ноги.

— Извинись перед моей женой. Она стоит десятка таких, как ты, — ощерился Эдуард.

Динан что-то выплюнул изо рта, кажется зуб, воинственно поднял подбородок, разделенный пополам алой струйкой, и пробормотал, так тихо, что его, как мне показалось, могла слышать только я:

— Putain[1].

Эдуард, зарычав, точно раненый зверь, бросился на него. Друзья Динана повисли на Эдуарде, осыпая ударами его плечи, голову, мощную спину. До меня донесся голос Эдуарда:

— Как ты смеешь оскорблять мою жену?!

— Фрежюс, ты негодяй! — Повернувшись, я увидела Мишеля Ледюка, месившего кулаками кого-то еще.

— Прекратите, господа! Прекратите немедленно!

Однако бар внезапно взорвался. Эдуард встрепенулся, непринужденно стряхнув с плеч, словно это пальто, приятеля Динана, а затем поднял над головой стул. Я даже не услышала, а скорее почувствовала, как затрещало соприкоснувшееся со спиной противника дерево. Над нашими головами летали бутылки. Женщины визжали, мужчины

[1] Шлюха *(фр.)*.

чертыхались, посетители бежали к дверям, а уличные мальчишки, горевшие желанием поучаствовать в побоище, протискиваясь мимо них, просачивались внутрь. И я поняла, что настал мой час и надо ловить момент. Наклонившись, я выудила из кармана Динана бумажник. Вытащила пятифранковую банкноту, а взамен положила расписку.

— Вот вам расписка в получении денег! — крикнула я прямо ему в ухо. — Она вам пригодится, если когда-нибудь захотите продать картину Эдуарда. Хотя, честно говоря, если вы это сделаете, то сваляете дурака. — Я выпрямилась и, оглядевшись по сторонам, крикнула: — Эдуард! Эдуард! — Хотя услышать что-либо в этом шуме и гаме было вряд ли возможно.

Увернувшись от пролетевшей над головой бутылки, я принялась пробираться к своему мужу. Уличные девицы, столпившиеся в углу, хохотали и улюлюкали. Хозяин заведения отчаянно вопил, заламывая руки, а потасовка тем временем уже вылилась на улицу, в воздухе летали столы и стулья. Не было ни единого мужчины, который не пустил бы в ход кулаки. И действительно, все мутузили друг друга с таким наслаждением, что я на секунду подумала: а может, они не дерутся, а просто развлекаются?

— Эдуард!

И тут я заметила в углу возле фортепьяно месье Арно.

— О месье Арно! — Я подобрала юбки и, перешагивая через тела и опрокинутые стулья, принялась протискиваться к нему. Он бочком пробирался по стенке в сторону двери. — Два рисунка углем! Женщина в парке? Помните? — Он тупо посмотрел на меня, и я прошептала: — Вы должны Эдуарду за два рисунка углем. — Присев на корточки, я одной рукой закрывала голову от случайного удара сапогом, а второй — лихорадочно рылась в долговых расписках. — Здесь написано «пять франков за две работы».

За моей спиной кто-то отчаянно завизжал, когда пивная кружка вдребезги разбила окно. В глазах месье Арно плескался страх. Он испуганно заглянул мне за плечо, полез в карман за бумажником и принялся дрожащими руками вынимать банкноты. Он, бедняга, так нервничал, что, как выяснилось позже, дал мне на два франка больше.

— Берите! — прошипел он и, придерживая шляпу, как ошпаренный бросился к двери.

И вот дело сделано. Одиннадцать, нет, двенадцать франков. Достаточно для того, чтобы какое-то время продержаться на плаву.

— Эдуард! — снова позвала я, обшаривая глазами зал.

Я обнаружила его в углу, где он держал за плечи какого-то беспомощно отбивавшегося мужика с рыжими усами, похожими на лисий хвост. Я положила руку на плечо Эдуарда. Он посмотрел на меня ничего не выражающими глазами, словно напрочь забыл о моем существовании.

— Я получила деньги, — сказала я. — Все, пора уходить. — (Однако он, похоже, меня не слышал.) — В самом деле, нам пора уходить.

Мой муж выпустил мужчину, который бессильно сполз по стенке, сунул палец в рот и что-то пробормотал насчет сломанного зуба. У меня отчаянно звенело в ушах, но я мертвой хваткой вцепилась в рукав Эдуарда и изо всех сил потянула его к выходу, расталкивая локтями пришедших с улицы зевак, которые, не сомневаюсь, даже не знали, из-за чего, собственно, весь сыр-бор.

— Софи! — Эдуард оттолкнул меня в сторону, когда мимо моего лица со свистом пролетел стул.

От испуга я чертыхнулась, а спохватившись, ужасно смутилась, что позволила себе выражаться в присутствии мужа.

И вот наконец мы оказались на свежем воздухе, к окнам близлежащих домов прилипли любопытствующие, уши заложило от диких криков и звона бьющегося стекла. Я остановилась возле пустых столиков одернуть юбки и стряхнуть мелкие осколки. Рядом с нами курил, сидя на стуле, какой-то окровавленный человек; одной рукой он зажимал раненое ухо, в другой держал сигарету.

— Может, пойдем домой? — поправив пальто и посмотрев на небо, спросила я. — Кажется, дождь собирается.

Мой муж расслабил воротничок, провел пятерней по волосам, отрывисто вздохнул.

— Да, — сказал он. — Да. Думаю, теперь я вполне готов что-нибудь съесть.

— Прости, что я выругалась. Ведь порядочным дамам не пристало чертыхаться.

— А я ничего и не слышал, — похлопал меня по руке муж.

Я поцеловала Эдуарда, вытащила из его пальто какую-то щепку, и рука об руку, под тревожные звуки жандармского колокола, мы направились в кафе «Пантеон».

Я приехала в Париж два года назад, поселившись, как и все продавщицы из «Ля фам марше», в пансионе неподалеку от улицы Бомарше. В тот день, когда я покидала пансион, чтобы переехать к мужу, все наши девушки выстроились в коридоре. Приветствуя меня радостными криками, они громко стучали по пустым кастрюлям деревянными ложками.

Мы поженились в Сен-Перроне, и, поскольку отец к тому времени уже умер, к алтарю меня вел Жан Мишель, супруг моей сестры. В течение всех трех дней, пока продолжались торжества, мой молодой муж вел себя поистине образцово, демонстрируя обаяние и широту души, но я знала, с каким огромным облегчением он покинул провинциальный городок на севере Франции и вернулся в свой любимый Париж.

Мне впервые удалось узнать, что такое быть на седьмом небе от счастья. Положа руку на сердце, я и не чаяла влюбиться, уж не говоря о том, чтобы выйти замуж. Но я любила Эдуарда Лефевра так страстно, что в любом случае осталась бы с ним, хотя никогда бы в этом не призналась. У него, собственно, не было времени на соблюдение условностей, и мне казалось, что меньше всего ему хотелось связывать себя брачными узами.

И все же именно Эдуард предложил узаконить наши отношения.

Мы жили вместе уже около трех месяцев, когда в один прекрасный день мастерскую Эдуарда посетил Ганс Липман. Я как раз стирала белье, потому что Эдуард забыл оставить денег для прачки. Месье Липман был настоящим денди, и мне стало неловко, что он застал меня в затрапезном виде. Он осмотрел мастерскую, отдав дань восхищения последним работам Эдуарда, а затем остановился перед моим портретом, который Эдуард написал в День взятия Бастилии, в тот вечер, когда мы открыли друг другу наши сердца. Я предпочла остаться в ванной отстирывать воротнички Эдуарда, стараясь особо не смущаться при мысли о том, что месье Липман в данный момент рассматривает мое изображение в неглиже. Внезапно Эдуард с месье Липманом перешли на шепот, я практически перестала их слышать, и любопытство взяло верх. Вытерев насухо руки, я вошла в мастерскую, где застала их за просмотром серии набросков, которые Эдуард делал с меня на фоне большого окна. Месье Липман повернулся и спросил после короткого приветствия, не хочу ли я попозировать и для него тоже. В одетом виде, конечно. Есть нечто завораживающее в абрисе моего лица, в моей бледной коже, сказал он. Разве Эдуард с этим не согласен? Наверняка да, ведь он тоже это увидел. Мистер Липман засмеялся.

Эдуард — нет.

Я уж было собралась сказать «да» (мне нравился Липман, он был одним из тех редких художников, кто относился ко мне как к равной), но внезапно заметила, что Эдуард явно напрягся.

— Нет. Боюсь мадемуазель Бессетт слишком занята.

В мастерской воцарилось неловкое молчание. Липман посмотрел на нас с веселым удивлением:

— Но почему, Эдуард? Мы ведь раньше всегда менялись натурщицами. Я просто подумал...

— Нет.

Липман опустил глаза, разглядывая носки ботинок.

— Как скажешь, Эдуард. Был чрезвычайно рад встрече, мадемуазель. — Он почтительно коснулся шляпы и ушел. Эдуард даже не соизволил с ним попрощаться.

— Какой ты смешной! — уже позже сказала я Эдуарду. Он сидел в ванне, а я стояла рядом на коленях, подложив под ноги подушку, и мыла ему голову. Весь сегодняшний день он казался странно притихшим. — Ты же знаешь, что я люблю тебя, и только тебя. И если хочешь, даже готова облачиться для месье Липмана в монашеское одеяние. — Я медленно вылила ему на затылок кувшин воды. — Ну а кроме всего прочего, он женат. И счастлив в браке. Да и вообще он джентльмен.

Эдуард молчал. Затем он так резко повернулся ко мне всем телом, что вода перелилась через край ванны.

— Я должен знать, что ты моя. — У него было ужасно несчастное лицо, и я на секунду растерялась.

— Я твоя, дурачок. — Я обняла его голову и поцеловала в мокрые губы. — Я стала твоей в ту самую секунду, когда ты вошел в «Ля фам марше» и купил пятнадцать дурацких шарфов ради того, чтобы со мной встретиться. — Я снова поцеловала его. — Я стала твоей в ту самую секунду, когда ты осадил Мистингетт, высмеявшую меня за мои деревенские сабо, сказав ей, что у меня самые стройные щиколотки во всем Париже. — И я снова его поцеловала. Он блаженно закрыл глаза. — Я стала твоей в ту самую секунду, когда ты нарисовал мой портрет и я поняла, что никто другой не посмотрит на меня так, как ты. Словно я роскошная женщина, которая не знает себе цены. — Я осторожно вытерла полотенцем его мокрые глаза и нос. — Вот видишь? Тебе совершенно нечего бояться. Я твоя, Эдуард, и душой и телом. И мне странно, что ты еще можешь в этом сомневаться.

Он задумчиво посмотрел на меня, упорный взгляд его больших карих глаз был неожиданно решительным.

— Выходи за меня, — сказал он.

— Но ты же всегда говорил...

— Завтра. На следующей неделе. Как можно скорее.

— Но ты...

— Софи, выходи за меня.

Итак, я вышла за него. Ведь я не умела отказывать Эдуарду.

На следующий день после потасовки в баре «Триполи» я проснулась поздно. Потеряв голову от неожиданного богатства, мы слишком много съели и выпили, да и вообще не сомкнули глаз до зари, забывшись в неистовом переплетении тел, а во время передышки были не в силах совладать с приступами веселья при воспоминании о злобной физиономии Динана. Я с трудом оторвала голову от подушки и убрала упавшие на лицо волосы. Оставшаяся после вчерашнего на столе мелочь исчезла, — должно быть, Эдуард ушел за хлебом. Мне показалось, что я слышу снизу, с улицы, его голос, и я снова предалась счастливым воспоминаниям о вчерашнем вечере, прошедшем для меня в сладком дурмане. Но затем, поняв, что он не собирается подниматься наверх, я поспешно накинула халат и подошла к окну.

У него под мышкой были зажаты два багета, и он беседовал с какой-то потрясающей блондинкой в приталенном темно-зеленом платье-пальто и в меховой шляпе с широкими полями. Должно быть, почувствовав мой взгляд, она посмотрела прямо на меня. Эдуард повернулся и помахал мне рукой:

— Спускайся вниз, cherie. Я хочу тебя кое с кем познакомить.

У меня не было ни малейшего желания ни с кем знакомиться. Мне хотелось, чтобы он поскорее поднялся наверх, хотелось прижаться к нему и осыпать поцелуями. И тем не менее я запахнула халат и, тяжело вздохнув, спустилась по лестнице к парадной двери.

— Софи, это Мими Эйнсбахер. Моя старинная подруга. Она купила у меня несколько работ и позировала для пары картин.

Еще одна? — рассеянно подумала я.

— Примите мои поздравления по поводу вступления в брак. Никогда бы не подумала, что Эдуард... на это способен.

Ее взгляд показался мне неприязненным, да и с Эдуардом она вела себя слишком фривольно, и я вдруг почувствовала себя не в своей тарелке.

— Очень приятно, мадемуазель.

Протянутую мной руку она взяла так, будто это была дохлая рыба.

В разговоре возникла томительная пауза. Два дворника мели улицу с противоположных сторон, дружно насвистывая. Из переполненных сточных канав тянуло гнилью, этот запах лег на старые дрожжи от выпитого вчера вина, меня внезапно затошнило.

— С вашего позволения, — пробормотала я, пятясь к двери. — К сожалению, я не одета для светских бесед. Эдуард, я пока поставлю кофе на огонь.

— Кофе! — воскликнул он, потирая ладони. — Ну что ж, Мими, очень рад встрече. Я скоро приду... прости, мы придем посмотреть твою новую квартиру. Похоже, она действительно шикарная.

Он поднялся за мной по лестнице, весело напевая себе под нос.

Пока Эдуард снимал верхнюю одежду, я налила ему кофе и забралась обратно в постель. Он поставил между нами тарелку, отломал кусочек хлеба и протянул мне.

— Ты с ней спал? — не глядя на Эдуарда, спросила я.

— С кем?

— С Мими Эйнсбахер.

Сама не пойму, почему я спросила; раньше я ничего подобного себе не позволяла.

Он едва заметно покачал головой, словно пытаясь отмахнуться.

— Возможно, — сказал он и, не услышав моего ответа, мрачно посмотрел на меня одним глазом. — Софи, ты ведь знаешь, что до встречи с тобой я отнюдь не был монахом.

— Знаю.

— Я самый обычный мужчина. И до нашей встречи достаточно долго был одинок.

— И это я тоже знаю. Более того, ты мне нравишься таким, как есть. — Я повернулась и поцеловала его в плечо.

Он притянул меня к себе и удовлетворенно вздохнул. Я чувствовала на веках его теплое дыхание. Затем он запрокинул мою голову и посмотрел мне прямо в глаза:

— Моя дорогая жена. Ты должна всегда помнить только одно: до встречи с тобой я не знал, что такое счастье.

Ну и какое мне дело до Мими и ей подобных?! — подумала я, уронила хлеб и закинула на мужа ногу, вдыхая запахи его тела и снова возвращая себе власть над ним.

И я даже почти в это поверила.

И вот в среду, когда мы выходили из мастерской (я торопилась на почту отправить письмо сестре), случилось так, что Мими Эйнсбахер как раз шла мимо, ну и Эдуард, естественно, предложил ей вместе позавтракать. И действительно, какой смысл есть в одиночестве, если можно в компании? Следующая встреча с ней произошла буквально два дня спустя. Был холодный ноябрьский день, я пыталась открыть массивную дубовую дверь на улицу Суффло, а Эдуард тем временем напяливал сикось-накось мне на голову выходную фетровую шляпу. Я хохотала и отпихивала его руки:

— Эдуард, шляпа съехала набок! Прекрати! Меня примут за сумасшедшую!

Его здоровенная рука лежала у меня на плече. Мне нравилось ощущать ее тяжесть.

— Какая приятная неожиданность! Доброе утро! — Мими вырядилась в пелерину мятного цвета и меховое боа, а талия была так туго затянута, что у нее, насколько я могла догадаться, посинели губы под слоем помады.

— Мадам Эйнсбахер. Не ожидала так быстро встретить вас снова.

И моя шляпка внезапно показалась мне до убогости нелепой.

— Мими! Я просто счастлив видеть тебя! — Эдуард выпустил мое плечо и, склонив голову, поцеловал ее затянутую в перчатку руку.

От этого зрелища я внутренне вздрогнула, но затем строго сказала себе: «Ну что за ребячество?! Ведь, в конце концов, Эдуард выбрал именно тебя».

— И куда это вы направляетесь в такой холод? Снова на почту? — Она бережно держала перед собой сумочку. Из крокодиловой кожи.

— У меня встреча на Монмартре с моим дилером. А жена собралась за продуктами.

Я поправила шляпу, внезапно пожалев, что не надела черную, более нарядную.

— Это еще надо посмотреть, как ты будешь себя вести, — сказала я.

— Вот видишь, что мне приходится терпеть? — Эдуард наклонился поцеловать меня в щеку.

— Боже мой! Уж больно она с тобой строга, — скривила губы Мими.

Эдуард обернул шею шарфом и задумчиво уставился на нас:

— А знаете что? Вам двоим стоит узнать друг друга поближе. Софи вовсе не помешает обзавестись здесь подругой.

— Эдуард, у меня уже есть друзья, — запротестовала я.

— Все твои подружки из магазина днем на работе. И живут в Девятом округе. А с Мими ты всегда сможешь выпить чашечку кофе, если я занят. Не люблю, когда ты грустишь в одиночестве.

— Да неужели? — улыбнулась я. — Мне и одной вполне неплохо.

— О, Эдуард совершенно прав. Вы ведь не хотите быть ему обузой. И вы почти не знакомы с людьми его круга. Почему бы мне не составить вам компанию? Оказать Эдуарду любезность. Я буду счастлива это сделать.

Эдуард просиял от удовольствия.

— Вот и чудненько! — воскликнул он. — Две мои любимые дамы на прогулке. Тогда хочу пожелать вам обеим хорошего дня. Софи, дорогая, я вернусь домой к ужину.

Он повернулся и направился в сторону улицы Сен-Жак.

Мы с Мими посмотрели друг на друга, глаза у нее были точно две льдинки.

— Как мило, — сказала она. — Ну что, пойдем пешком?

Глава 3

Площадь Вогезов,
2002 год

Они распланировали, как проведут утро. Ленивый подъем, завтрак в кафе «Гюго» на площади Вогезов, поход по магазинчикам и бутикам Второго округа, возможно, прогулка по набережной Сены с остановкой у букинистического развала. Дэвид исчезнет после ланча, чтобы успеть на встречу продолжительностью часа два, не больше; и пока он будет решать деловые вопросы, она воспользуется великолепным спа-салоном в «Рояль Монсо». Днем они встретятся в баре, чтобы выпить по коктейлю, а затем расслабятся за обедом в местном ресторанчике. И день спасен. Она будет крайне милой. Само понимание. Ведь как ни крути, супружество — это в первую очередь великое искусство компромиссов. Проснувшись, она успела повторить это уже несколько раз.

А затем во время завтрака зазвонил телефон Дэвида.

— Голдштейны, — говорит она, когда он заканчивает разговор. Ее тартин лежит нетронутым на тарелке.

— Планы изменились. Они хотят встретиться со мной прямо с утра в своем офисе возле Елисейских Полей. — Она не отвечает, и тогда он накрывает ее руку своей и говорит: — Мне реально жаль. Это займет самое большее два часа. — (Она теряет дар речи. От обиды на ресницах дрожат крупные горькие слезы.) — Я понимаю. И постараюсь подстроиться под тебя. Это просто...

— ...более важно.

— Лив, это наше будущее.

Лив смотрит на Дэвида, отлично понимая, что на ее лице сейчас нет ничего, кроме разочарования. И злится еще больше из-за того, что ведет себя как последняя стерва. Он сжимает ее руку:

— Да ладно тебе, любимая! Зато ты сможешь заняться чем-то, что мне было бы не слишком интересно, а я приду и встречу тебя. Тут не так уж трудно убить пару часов. Ведь это Париж.

— Конечно. Просто я не предполагала, что мой медовый месяц — это пять дней в Париже, в течение которых мне придется ломать голову, как убить время.

В его голосе сквозит легкое раздражение:

— Прости. Но у меня не та работа, от которой можно так легко отключиться.

— Куда уж там. Ты вполне ясно дал мне это понять.

Вечер в «Куполь» накануне прошел примерно в том же духе. Они с трудом находили безопасные темы для беседы, вымученно улыбались, более того, во время разговора каждый из них волей-неволей вел мысленный диалог со своим визави. Когда Дэвид открывал рот, Лив непроизвольно морщилась, чувствуя неуместность его слов. Если же он молчал, она гадала, думает ли он сейчас о работе. И уже в номере, лежа в кровати, Лив демонстративно повернулась к мужу спиной. Она находилась на грани нервного срыва, и ей было не до супружеских ласк. Но когда он даже не предпринял попытки ее обнять, она сразу запаниковала.

Если ей не изменяет память, за все шесть месяцев совместной жизни они ни разу не поссорились, но все это было лишь до тех пор, пока они не приехали в Париж. Медовый месяц буквально ускользал между пальцами. Она это кожей чувствовала.

Дэвид первым нарушает молчание. Он держит Лив за руку, решительно не желая отпускать. Он перегибается через стол и ласково убирает у нее с лица выбившуюся прядь волос:

— Прости. Так надо. Дай мне только пару часов, и потом я целиком и полностью в твоем распоряжении. Обещаю. Может, мы продлим поездку, и я... наверстаю упущенное. — Он пытается улыбаться.

Тогда она поворачивается к нему, полностью обезоруженная. Она уже ждет не дождется того момента, когда они снова станут нормальными, станут самими собой. Она смотрит на свою руку в его руке, желтое сияние новехонького обручального кольца на пальце с непривычки режет глаз.

Эти сорок восемь часов напрочь выбили Лив из колеи. Счастье, в котором она купалась последние несколько месяцев, внезапно кажется ей призрачным, словно они, сами того не осознавая, построили дом из песка.

Она пытается заглянуть ему в глаза:

— Я действительно тебя люблю. Ты ведь знаешь.

— И я тоже тебя люблю.

— Я ужасная, требовательная, сварливая подружка.

— Жена.

Ее губы непроизвольно расползаются в улыбке.

— Я ужасная, требовательная, сварливая жена.

Он ухмыляется и целует ее, и они сидят на площади Вогезов, прислушиваясь к реву мопедов, непрерывному шуму потока машин в сторону улицы Бомарше.

— К счастью, ужасные и сварливые женщины — моя слабость.

— Ты забыл про требовательных.

— Ну, эти уж точно мои самые любимые.

— Иди, — говорит она, мягко отстраняясь от него. — Иди прямо сейчас, мой велеречивый архитектор, пока я не затащила тебя обратно в постель и не постаралась сделать все, чтобы ты вообще забыл о своей противной встрече.

Атмосфера мгновенно разряжается. Лив облегченно вздыхает, только теперь понимая, что все это время боялась дышать.

— Ну а ты чем займешься?

Она смотрит, как он методично берет ключи, бумажник, пиджак, телефон.

— Пожалуй, схожу полюбоваться искусством.

— Я отправлю тебе эсэмэску, как только мы закруглимся. И сразу встречусь с тобой. — Он посылает ей воздушный поцелуй. — А потом мы продолжим разговор насчет того, чтобы зависнуть в постели. — И уже на полпути он поворачивается и поднимает руку: — A bientot[1], миссис Халстон!

Лив продолжает улыбаться, пока он не исчезает из виду.

Портье предупредил ее, что в очереди в Лувр придется простоять несколько часов, поэтому она решает сходить в Музей Орсэ. Дэвид сказал, что архитектура музея впечатляет не меньше, чем картины внутри. Сейчас десять утра, но бесконечная очередь уже змеится перед входом. Солнце немилосердно палит, а Лив забыла надеть шляпу.

— Вот здорово, — бормочет она себе под нос, пристраиваясь в хвост очереди.

Интересно, удастся ли ей попасть внутрь до того, как Дэвид закончит дела? «Это не

[1] До скорого *(фр.)*.

займет много времени. Посетители у них обычно не задерживаются».

Стоящий перед ней мужчина поворачивается и кивает в сторону начала очереди:

— У них бывает иногда бесплатный вход. И всегда толпа народу.

На нем мятый льняной пиджак; раскованные манеры состоятельного человека.

Когда он ей улыбается, у Лив невольно возникает вопрос: неужели у нее на лбу крупными буквами написано, что она англичанка?

— Сомневаюсь, что вся эта толпа вообще там поместится.

— Ой, конечно поместится! Там внутри гораздо больше места, чем кажется. — Она улыбается, и он протягивает ей руку: — Тим Фриланд.

— Лив Уорт... Халстон. Лив Халстон. — Она постоянно забывает, что у нее теперь другая фамилия.

— Ага. На этом плакате сказано, что здесь сейчас выставка Матисса. Наверное, потому-то и очередь. Вот. Давайте-ка я открою зонтик. Он хоть немного защитит вас от солнца.

Он приезжает сюда каждый год на теннисный турнир, говорит он, пока они рывками, в час по чайной ложке, продвигаются вместе с очередью к входу. В свободное от тенниса время посещает любимые места. Музей Орсэ ему нравится куда больше, чем Лувр, где из-за туристов не видно картин. Он произносит это со сдержанной улыбкой, понимая всю иронию сказанного.

Высокий, загорелый, с темно-русыми волосами, которые он, похоже, с юношеских лет привык зачесывать назад. Судя по его рассказам о своей жизни, он явно не обременен финансовыми проблемами. Упоминание о детях и отсутствие обручального кольца свидетельствуют о том, что он давно разведен. Он предупредительный и обаятельный. Они беседуют о парижских ресторанах, о теннисе, о бесшабашности местных таксистов. Какое облегчение вести разговор, свободный от невысказанных претензий и подводных камней! К тому времени как они оказываются в голове очереди, к Лив, как ни странно, возвращается хорошее настроение.

— Благодаря вам время пролетело незаметно.

У них ушло двадцать пять минут на то, чтобы оказаться у заветного входа в музей.

Тим Фриланд складывает зонтик и протягивает ей руку:

— Было очень приятно познакомиться, Оливия Халстон. Я бы порекомендовал вам начать с импрессионистов на верхнем этаже. По крайней мере, у вас будет хороший обзор, пока туда не набегут туристы.

Он улыбается ей — в уголках глаз лучиками расходятся морщинки, — целеустремленно идет куда-то вперед и наконец исчезает в бездонных недрах музея. А Лив, которая отлично понимает, что, даже если у тебя медовый месяц, ты имеешь полное право получить удовольствие от беседы с галантным, привлекательным мужчиной, который, может, флиртует с тобой, а может, нет, бодро зашагала в сторону лифтов.

Она позволяет себе без лишней спешки медленно обойти все залы импрессионистов, внимательно изучая каждую картину. Ведь так или иначе ей надо убить время. Ей становится немного стыдно, что за два года после окончания университета она ни разу не удосужилась посетить картинную галерею. Она решает, чисто интуитивно, что ей нравится Моне и Берта Моризо, но не нравится Ренуар. Или, возможно, фото его работ слишком растиражированы на коробках шоколада и теперь трудно отделить одно от другого. Она садится, но затем снова встает. Жаль, что рядом нет Дэвида. Как странно стоять перед картинами и не иметь возможности с кем-нибудь их обсудить. Она ловит себя на том, что исподтишка наблюдает за посетителями, которые, должно быть, тоже пришли одни, пытаясь выявить у них наличие неких странностей. Ей хочется позвонить Жасмин, просто ради живого общения, но тогда она, Лив, точно распишется в полном провале своего медового месяца. Ведь кто станет звонить подругам во время медового месяца? На секунду в ее душе вновь поднимается обида на Дэвида, но она уговаривает себя не злиться.

Залы начинают активно заполняться посетителями. Мимо нее проходит группа школьников под предводительством неестественно оживленного смотрителя музея. Они останавливаются перед «Завтраком на траве», и он машет детям рукой, чтобы садились.

— Смотрите! — восклицает он по-французски. — Мане накладывает мокрую краску на мокрую краску. Надо сказать, импрессионисты были первыми, кто использовал подобную технику, чтобы вот так сдвигать цвета... — Он широко расставляет руки. Дети в восторге. Компания взрослых посетителей останавливается послушать. — Но на выставке эта картина вызвала настоящий скандал. Грандиозный! Почему на дамах нет даже нижнего белья, а мужчины полностью одеты? Ну-с, как думаете, молодой человек?

Лив нравится, что во Франции восьмилетние дети спокойно вовлекаются в дискуссию о наготе. Ей нравится то уважение, с которым обращается к ним смотритель музея. И ей в очередной раз хочется, чтобы Дэвид был рядом, ведь она точно знает, что ему это тоже понравилось бы.

Но буквально через несколько минут залы уже плотно заполнены людьми, и здесь теперь яблоку негде упасть. Она то и дело слышит английскую речь. Англичане, американцы. По какой-то непонятной причине ее это раздражает. Ее вообще начинают раздражать самые незначительные вещи. Тогда Лив поворачивает назад, проходит один, два зала, мимо серии пейзажей и наконец оказывается в залах с картинами менее известных мастеров, где посетителей практически нет. Она замедляет ход, пытаясь уделить этим второстепенным художникам такое же внимание, что и прославленным живописцам, хотя ничто здесь не вызывает у нее особого интереса. Она собирается попробовать поискать выход, но неожиданно оказывается перед небольшой картиной маслом и невольно замирает. Возле стола с остатками трапезы — рыжеволосая женщина в белом платье, а скорее, в чем-то вроде неглиже, трудно сказать. Она стоит, повернувшись боком, и половина ее лица хорошо видна. Взгляд женщины направлен на художника, но она не смотрит ему в глаза. Ее плечи слегка поникли то ли от плохого настроения, то ли от напряжения.

Надпись под картиной гласит: «Жена в плохом настроении».

Лив смотрит на полотно, словно вбирая в себя необычную прозрачность обращенного к зрителю глаза женщины, алые пятна на ее лице, поворот тела, свидетельствующий о едва сдерживаемой ярости и одновременно о покорности. И неожиданно Лив приходит в голову: «Боже мой! Ведь это же я».

Мысль, случайно пришедшая в голову, теперь там вполне прочно укоренилась. Лив хочется отвернуться, но она не в силах. Ей не хватает воздуха, словно ее ударили под дых. Картина не только интимная, но и тревожащая. «Мне двадцать три года, — думает Лив. — И я вышла замуж за человека, поместившего меня на задворки своей жизни. Я стану вот такой печальной, озлобленной женщиной, жаждущей его внимания и дующейся, не получив искомого. Женщиной, которая делает все сама и старается получить максимум возможного в данных обстоятельствах».

Она живо представляет себе будущие поездки с Дэвидом; она будет рассматривать путеводители с рассказами о местных красотах, стараясь выглядеть не слишком разочарованной, когда у него, увы, в очередной раз появятся важные дела, которые он не сможет отложить. *Я наверняка кончу так же, как и моя мать.*

Женушка.

В музее неожиданно становится слишком людно, слишком шумно. Она начинает пробивать себе путь вниз по лестнице. В результате, увлекаемая изрядно увеличившейся толпой, она идет не в ту сторону и тихо бормочет извинения, встречая усиленное сопротивление чужих плеч, локтей и сумок.

Тогда она сворачивает на боковую лестницу и пролетом ниже оказывается в коридоре, но, вместо того чтобы направиться к выходу, идет вперед и попадает в огромный зал кафе, где уже потихоньку начинает выстраиваться очередь. Так где же этот проклятый выход?! В кафе неожиданно становится до странности многолюдно. Лив прокладывает себе дорогу через зал ар-деко с гигантскими предметами экологически чистой мебели — на вкус Лив, слишком гротескными, слишком яркими, — понимает, что не туда попала, и из ее груди вырывается то ли стон, то ли громкий всхлип, она сама точно не знает.

— Вы в порядке?

Лив резко поворачивается. Тим Фриланд смотрит на нее в упор, в его руке брошюра.

Она поспешно вытирает глаза, пытается улыбнуться:

— Я... Я никак не могу найти выход. — (Он испытующе вглядывается в ее лицо — *неужели она действительно плачет?* — и она чувствует себя несчастной и жалкой.) — Извините. Я просто... Мне действительно надо отсюда выбраться.

— Ох уж эти туристы! — тихо говорит он. — В это время года они кого угодно могут достать. Пошли.

Он прикасается к ее локтю и ведет через музей, стараясь держаться боковых темных залов. Через несколько минут они уже спускаются по лестнице и оказываются на ярко освещенной площадке перед музеем, где очереди на вход стали еще длиннее.

Они останавливаются чуть поодаль. Лив наконец-то перестает задыхаться.

— Простите, — говорит она, оглядываясь назад. — Боюсь, вам не удастся попасть обратно.

Он качает головой:

— Хорошего понемножку. Когда из-за голов других людей невозможно ничего разглядеть, это означает, что пора уходить.

Они на солнечной стороне улицы. По набережной струится поток транспорта, какой-то мопед с ревом лавирует между припаркованными машинами. Солнце окрашивает здания в сине-белый цвет, похоже характерный для этого города.

— Не хотите выпить кофе? По-моему, вам не помешает посидеть пару минут.

— Ой! Я не могу. Мне надо встретиться... — Она бросает взгляд на телефон. Никаких сообщений. Она пристально смотрит на экран, пытаясь осмыслить происходящее. Переварить тот факт, что Дэвид еще час назад обещал закончить дела. — Хм... Можете дать мне одну минутку?

Она отворачивается, набирает номер Дэвида, щурясь на машины, ползущие по набережной Вольтера. И попадает сразу на голосовую почту. Секунду она раздумывает, что бы такое ему сказать. И решает вообще ничего не говорить.

Захлопывает телефон и поворачивается к Тиму Фриланду:

— Если честно, я с удовольствием выпила бы чашечку кофе. Спасибо.

— Un express, et une grande créme[1].

Даже когда она старается изобразить свое лучшее французское произношение, официанты неизменно отвечают ей по-английски. Но после сегодняшних унижений это, можно сказать, уже мелочи жизни. Она пьет кофе, заказывает вторую чашку, вдыхает теплый городской воздух и усиленно пытается отвлечь внимание своего спутника от собственной персоны.

1 Эспрессо со взбитыми сливками *(фр.)*.

— Вы задаете слишком много вопросов, — в какой-то момент говорит ей Тим Фриланд. — Вы или журналистка, или закончили пансион для благородных девиц.

— Или я спец по промышленному шпионажу. И теперь знаю все о вашем новом продукте.

Он смеется:

— К несчастью, нет никакого нового продукта. Я ушел на покой.

— Да неужели? Для пенсионера вы еще недостаточно старый.

— А я и есть недостаточно старый. Девять месяцев назад я продал свой бизнес. И вот теперь пытаюсь понять, что мне делать со свободным временем.

Судя по его тону, Тим Фриланд не слишком-то озабочен избытком свободного времени. А почему бы и нет, думает она, если можно позволить себе бродить по любимым городам, наслаждаться искусством и приглашать случайных знакомых в кафе?

— И где же вы живете?

— О... в самых разных местах. Парочку месяцев с конца весны до середины лета провожу здесь. У меня есть квартира в Лондоне. А еще некоторое время — в Латинской Америке. Бывшая жена живет с моими старшими детьми в Буэнос-Айресе.

— Боже, как сложно!

— Когда вам будет столько лет, сколько мне, то вы поймете, что с возрастом жизнь неминуемо усложняется. — Он улыбается, словно желая показать, что привык к сложностям. — Когда-то я был из тех идиотов, которые, влюбившись, непременно женились.

— Как это благородно!

— Да нет, не слишком. Случайно, не помните, кто это сказал: «Каждый раз, как я влюбляюсь, я теряю дом»? — Он задумчиво помешивает кофе. — Хотя на самом деле у меня все очень цивилизованно. Две бывшие супруги, причем обе чудесные женщины. Стыд и позор, что я не понял этого, когда был с ними.

Он говорит вкрадчиво, осторожно подбирая слова, голос звучит размеренно. Мужчина, привыкший быть в центре внимания. Она смотрит на его загорелые руки, безупречно чистые манжеты и сразу представляет апартаменты в Первом округе, домработницу, первоклассный ресторан, где хозяин с ним на «ты». Тим Фриланд вовсе не ее тип и по крайней мере лет на двадцать пять старше, но она на секунду задумывается, каково это быть с таким мужчиной, как он. И можно ли их со стороны принять за супружескую пару?

— Итак, Оливия, а вы, собственно, чем занимаетесь?

С первых минут их знакомства он зовет ее Оливией. Из уст кого-нибудь другого это звучало бы претенциозно, но у него получается как-то старомодно учтиво. Его вопрос заставляет ее очнуться, и она едва заметно краснеет, понимая, что думает явно о другом.

— Я... вроде как сейчас без работы. Окончила университет, работала в офисе, немного официанткой. В общем, обычная история для девушки — представительницы среднего класса. Полагаю, я еще толком не решила, чем хочу заняться. — Она вымученно улыбается.

— Ну, у вас еще уйма времени. Дети? — Он многозначительно смотрит на обручальное кольцо.

— Ой, нет! Быть может, позже. — Она смущенно смеется.

Она и за собой-то толком присмотреть пока не умеет, и ей даже страшно подумать о беспомощном, вечно хныкающем младенце. Она чувствует на себе изучающий взгляд Тима Фриланда.

— Правильно. У вас еще все впереди. — Он не отрывает глаз от ее лица. — Извините за бестактность, но должен сказать, что вы слишком молоды для замужней дамы. Я имею в виду, с учетом современных тенденций. — (Она не знает, что отвечать, а потому просто молча прихлебывает кофе.) — Я понимаю, что неприлично спрашивать у женщин о их возрасте, но сколько вам лет? Двадцать три? Двадцать четыре?

— Почти угадали. Двадцать три.

Он кивает:

— У вас хорошая кость. Полагаю, вы и через десять лет будете выглядеть на двадцать три. Нет-нет, не краснейте. Я просто констатирую. Итак... друг детства?

— Нет. Скорее, бурный роман. — Она отрывает глаза от чашки кофе. — На самом деле я... я, можно сказать, новобрачная.

— Новобрачная? — Он смотрит на нее. В его глазах немой вопрос. — У вас что, медовый месяц?

Он произносит это без нажима, но у него такое озадаченное, немного сочувственное лицо, что ей становится тошно. Она снова видит ту «Жену в плохом настроении», которая отворачивается, признавая свое поражение, и понимает, почему у других людей возникает чувство неловкости. *О, вы замужем? И где же ваш муж?*

Что она наделала?

— Простите, — говорит она и, опустив голову, быстро берет со стола свои вещи. — Мне пора идти.

— Оливия, пожалуйста, не убегайте. Я...

У нее в висках стучит кровь.

— Нет. В самом деле. В любом случае мне не стоило сюда приходить. Было очень приятно познакомиться. Большое спасибо за кофе. Ну и за все... остальное.

Лив не смотрит на него, а просто рассеянно улыбается в его сторону, а затем стремительно идет, переходя на бег, по набережной Сены в сторону Нотр-Дама.

Глава 4

1912 год

На рынке Монж, несмотря на холодный ветер и накрапывающий дождь, было не протолкнуться. Я шла на полшага позади Мими Эйнсбахер, которая, решительно покачивая бедрами, огибала прилавки и без умолку сыпала комментариями.

— О, вы должны купить вот эти. Эдуард обожает испанские персики. Поглядите, какие они зрелые. А вы готовили ему лангустов? Ой, видели бы вы его, когда он ест лангустов! Капуста? Красный лук? Вы уверены? Эти ингредиенты такие... деревенские. Видите ли, я ни капли не сомневаюсь, что ему нравится нечто чуть более утонченное. Знаете, Эдуард ведь самый настоящий гурман. Кстати, мы однажды ходили с ним в «Ле пти фис», и он съел все четырнадцать блюд, предложенные в меню. Представляете?! Я даже, грешным делом, испугалась, что к тому времени, как подадут птифуры, он точно лопнет. Но он был так счастлив... — Мими покачала головой, словно погрузившись в воспоминания. — Он ненасытный мужчина...

Я взяла с прилавка пучок моркови и принялась внимательно его разглядывать, сделав вид, будто поглощена своим занятием. Где-то в области затылка возникала противная пульсирующая боль, и я поняла, что это предвестник мигрени.

Мими Эйнсбахер остановилась перед прилавком с разными баночками. Обменявшись парой слов с торговцем, она взяла маленькую баночку и поднесла к свету. Затем бросила на меня косой взгляд из-под полей шляпы:

— Ой, вам, София, наверняка неприятно слушать подобные воспоминания... Однако осмелюсь предложить вам фуа-гра. Побалуйте Эдуарда. Если у вас сейчас... туго с деньгами на домашнее хозяйство, я буду счастлива купить это ему в качестве маленького подарка. Как старый добрый друг. Уж я-то знаю, как его возбуждают такие вещи.

— Благодарю, но мы вполне в состоянии себя обеспечить. — Я взяла у нее баночку фуа-гра и кинула в корзинку, отдав торговцу то, что ему причиталось. А точнее, половину наших денег на еду, отметила я с холодной яростью.

Мими замедлила шаг, и мне ничего не оставалось, как пойти рядом с ней.

— Итак... Ганьер поделился со мной, что Эдуард уже несколько недель ничего не рисует. Какая жалость!

А кто уполномочивал тебя говорить с дилером Эдуарда? — так и вертелось у меня на языке, но я сдержалась.

— Мы только что поженились. Ему было... не до этого.

— Видите ли, он большой талант. И ему нельзя отвлекаться.

— Эдуард обещает, что начнет писать, когда будет готов.

Мими, демонстративно пропустив мои слова мимо ушей, направилась к прилавку с кондитерскими изделиями и уставилась на пирожные с малиной.

— Малина! В это время года! Я удивляюсь, до чего скоро дойдет наш мир!

Ради бога, только не предлагай мне купить их для Эдуарда, мысленно взмолилась я. У меня осталось денег только-только на хлеб. Однако у Мими было совсем другое на уме. Она купила небольшой багет, подождала, пока торговец его завернет, а затем, повернувшись вполоборота ко мне, произнесла заговорщицким тоном:

— Знаете, вы даже не представляете, как мы все удивились, услышав о том, что он женился. Такой человек, как Эдуард. — Она осторожно просунула багет под ручку своей корзинки. — Вот я и подумала... может, вас уже можно поздравить?

Я непонимающе уставилась на ее сияющее лицо. А затем увидела, что она многозначительно смотрит на мою талию.

— Нет!

Я даже не сразу поняла иезуитскую изощренность нанесенного оскорбления. Мне хотелось сказать ей: «Эдуард умолял меня выйти за него замуж. Именно он настоял, чтобы мы поженились. Ему было даже страшно подумать, что другой мужчина может на меня посмотреть. И разглядеть во мне то, что увидел он».

Однако я решительно не желала обсуждать с ней свою семейную жизнь. Столкнувшись с откровенной враждебностью, хоть и прикрытой лучезарной улыбкой, я решила оставить глубоко в душе подробности наших с Эдуардом отношений, словом, там, где Мими не сможет их опошлить, исказить или извратить. Я почувствовала, что у меня начинает гореть лицо.

Она остановилась, окинув меня пристальным взглядом:

— О, София, вам не стоит принимать все так близко к сердцу.

— Софи. Меня зовут Софи.

Она тотчас же отвернулась:

— Ну конечно, Софи. И тем не менее мой вопрос в некотором смысле закономерен. Ведь это вполне естественно, что у того, кто знаком с Эдуардом несколько дольше, могут возникнуть к нему, так сказать, немного собственнические чувства. Да и вообще, мы ведь о вас практически ничего не знаем. Вы, кажется... продавщица, да?

— Была продавщицей. Пока не вышла за него замуж.

— И конечно, тогда вам пришлось уйти из... магазина. Какая жалость! Вы наверняка ужасно скучаете по вашим подружкампродавщицам. Уж кто-кто, а я-то прекрасно знаю, как приятно, когда тебя окружают люди твоего круга.

— Меня вполне устраивает круг друзей Эдуарда.

— Кто бы сомневался. Хотя иногда так трудно завести подходящих друзей в компании, где остальные знают друг друга тысячу лет. Я имею в виду, все эти понятные только им одним шутки, общие воспоминания. — Она улыбнулась. — Но я уверена, вы неплохо справляетесь.

— Мы с Эдуардом вполне счастливы вдвоем.

— Конечно. Однако вы, София, должны понимать, что это не может длиться вечно. Ведь он, помимо всего прочего, на редкость общительный человек. Такому мужчине, как Эдуард, необходимо предоставлять полную свободу.

Я уже с трудом сдерживалась.

— Вы говорите так, будто я его тюремщица. И тем не менее я никогда не хотела, чтобы Эдуард делал что-то против своей воли.

— О, я нисколечко в этом не сомневаюсь. Впрочем, как и в том, что вы отдаете себе отчет, насколько вам повезло выйти замуж за такого человека. Мне просто показалось, что вам пойдут на пользу рекомендации старинного друга Эдуарда. — Не дождавшись моего ответа, она добавила: — Возможно, вы сочтете не слишком тактичным с моей стороны давать вам советы по поводу мужа. Однако вы знаете, что Эдуард никогда не придерживался правил буржуазной морали, поэтому я тоже хочу позволить себе выйти за рамки обычного разговора.

— Я вам чрезвычайно признательна, мадам Эйнсбахер. — Я спрашивала себя, можно ли повернуться и сразу уйти, например, под предлогом встречи, о которой только сейчас вспомнила. Господь свидетель, я достаточно долго терпела.

Она вдруг понизила голос, отошла от прилавка и жестом предложила последовать ее примеру.

— Что ж, коли уж у нас пошел разговор начистоту, то я считаю своим долгом дать вам совет из другой области. Как женщина женщине, если позволите. Вы сами наверняка уже убедились, что Эдуард — человек... ненасытный. — Она бросила на меня многозначительный взгляд. — Не сомневаюсь, сейчас он искренне наслаждается семейной жизнью, но когда он снова начнет рисовать других женщин, вы должны быть готовы... предоставить ему... определенную свободу.

— Простите?

— София, вы хотите, чтобы я вам растолковала?

— Софи. — Я стиснула зубы. — Меня зовут Софи. И да, мадам, уж будьте так любезны, растолкуйте мне, на что вы намекаете.

— Простите, если поступаю не слишком деликатно. — Она мило улыбнулась. — Но вы должны знать, что вы не первая натурщица Эдуарда, с которой... у него были близкие отношения.

— Я вас не понимаю.

Она посмотрела на меня словно на идиотку:

— Женщины на его полотнах... Есть один нюанс, объясняющий, почему Эдуарду удается создавать столь сильные и тонкие образы, почему удается изображать... такую интимность. — (Я уже поняла, к чему она клонит, но продолжала стоять столбом, позволяя ее словам обрушиваться на меня, точно лезвия множества маленьких гильотин.) — Эдуард — человек бурных и непредсказуемых страстей. И когда он пресытится прелестями брака, София, он примется за старое. Вы разумная девушка, я в этом абсолютно уверена, учитывая ваше, так сказать, происхождение, а потому посоветовала бы вам обратить свои взоры в другую сторону. Такого мужчину, как он, невозможно ограничивать. Поскольку это будет означать пойти против его артистической натуры.

Я нервно сглотнула:

— Мадам Эйнсбахер, я уже и так отняла у вас достаточно времени. Боюсь, сейчас нам придется расстаться. И спасибо за ваш... совет.

Я повернулась и пошла прочь, ее слова звенели у меня в ушах, а костяшки сжатых в кулаки пальцев побелели от напряжения. И уже на полпути к улице Суффло я вспомнила, что оставила корзинку с луком, капустой и сыром на земле возле прилавка.

Когда я пришла домой, Эдуард еще не вернулся. Хотя ничего удивительного: они со своим дилером обычно уходили в соседний бар и обсуждали дела за рюмкой пастиса, а если засиживались допоздна — то и абсента. Бросив корзинку с кошельком и баночкой фуа-гра на кухне, я подошла к умывальнику сполоснуть холодной водой разгоряченное лицо. Из зеркала над раковиной на меня смотрела непривычно мрачная девушка, губы сердито сжаты в тонкую полоску, на бледных щеках лихорадочные пятна. Я попыталась улыбнуться, снова стать той женщиной, которую разглядел во мне Эдуард, но ничего не получилось. Я видела лишь худую, настороженную женщину, чье счастье в мгновение ока разрушилось, словно воздушный замок.

Я налила стакан сладкого вина и залпом выпила. А затем еще один. Прежде я никогда не позволяла себе алкоголь в дневное время. В юности я имела несчастье быть свидетельницей папиных излишеств и до встречи с Эдуардом вообще капли в рот не брала.

И пока я сидела в полной тишине, у меня в ушах звенели слова: *Он примется за старое... Женщины на его полотнах... Есть один нюанс, объясняющий, почему Эдуарду удается создавать столь сильные и тонкие образы...*

А потом я швырнула стакан прямо в стену, и мой вопль, преисполненный сердечной муки, заглушил звук бьющегося стекла.

Не могу сказать, как долго я пролежала на кровати, погрузившись в душевные терзания. Не было сил встать. Мастерская Эдуарда — мой новый дом — больше не походила на наш маленький рай. У меня возникло странное чувство, будто ее наводнили тени его прошлых амурных увлечений, будто сама атмосфера здесь пропитана их разговорами, их взглядами, их поцелуями.

Ты не должна так думать, одернула я себя. Но мысли в моем воспаленном мозгу метались, как сорвавшаяся с привязи лошадь, выбирая все новые, еще более опасные направления, и мне никак не удавалось их обуздать.

Тем временем стало темнеть, и я услышала, как взявшийся за работу фонарщик что-то напевает себе под нос. Как бы то ни было, этот звук всегда действовал на меня успокаивающе. Я встала с постели. Не мешало бы убрать до прихода Эдуарда битое стекло. Однако вместо этого я подошла к работам мужа, составленным у дальней стены. Немного поколебавшись, я принялась вытаскивать картину за картиной, чтобы разглядеть повнимательней. Вот портрет Лауры Леконт, fille de rue, в платье из зеленой саржи, еще один холст, где она стоит обнаженная, прислонившись к колонне, словно греческая статуя, ее груди маленькие и округлые, точно две половинки испанских персиков; англичанка Эммелин, барменша из бара «Брюн», она сидит, закинув руки на спинку стула и подогнув под себя голые ноги. Безымянная темноволосая женщина на шезлонге, тугие кудри спускаются на обнаженное плечо, тяжелые веки сонно опущены. Неужели он с ней тоже спал? Неужели эти полураскрытые губы, выписанные с такой любовью, манили его к поцелуям? Как я могла рассчитывать, что он останется нечувствителен к выставленной напоказ шелковистой плоти, к этим будто нечаянно поднятым измятым нижним юбкам.

Боже мой, какой же я была дурой! Провинциальной дурой.

А вот и Мими Эйнсбахер. Она наклонилась к зеркалу, изгибы ее обнаженной спины идеально подчеркнуты тугим корсетом, покатые бледные плечи — как искушение. Этюд сделан с явной любовью, набросанные углем стремительные линии завораживают. Однако рисунок определенно незаконченный. А что Эдуард сделал потом, когда отложил в сторону угольный карандаш? Может, подошел к Мими сзади, положил свои крупные руки ей на плечи и прижался губами к ложбинке на шее? В то самое место, прикосновение к которому всегда вызывало во мне прилив желания? А может, положил Мими на эту постель — нашу постель, — нашептывая ей ласковые слова, и задрал ее юбку, чтобы...

Я прижала кулаки к глазам. У меня помутился рассудок. Прежде я никогда не обращала внимания на эти картины. А теперь каждая из них стала для меня безмолвным свидетельством его предательства, угрозой моему будущему счастью. Неужели он спал со всеми этими шлюхами?!

Ну а потом я молча сидела, глядя на картины, не в силах оторвать глаз, глухо ненавидя изображенных там женщин и придумывая для них другие жизни, со своими секретами, наслаждениями и предательствами, и так до тех пор, пока небеса за окном не сделались столь же черными, что и мои мысли.

Я услышала, как Эдуард, насвистывая, поднимается по лестнице.

— Жена! — открыв дверь, крикнул он. — Почему ты сидишь в темноте?

Он бросил свое необъятное пальто на кровать и с сигаретой в уголке рта принялся расхаживать по мастерской, зажигая ацетиленовые лампы, воткнутые в пустые винные бутылки свечи, поправляя шторы. Затем он подошел ко мне и, прищурившись, чтобы лучше видеть мое лицо, сжал в медвежьих объятиях.

— Сейчас только пять часов. Я не ждала тебя так рано. — Мне казалось, будто я очнулась от сна.

— Разве это рано? Ведь мы совсем недавно поженились. И я не мог оставить тебя надолго. А кроме того, я по тебе соскучился. Жюль Ганьер не заменит мне мою чаровницу. — Он притянул меня к себе и нежно поцеловал в ухо. От Эдуарда пахло сигаретным дымом и пастисом. — Я не могу без тебя, моя маленькая продавщица.

— Не смей называть меня так!

Встав с кровати, я решительно направилась в кухонную зону. Я буквально спиной чувствовала его озадаченный взгляд. Честно признаться, я сама не понимала, что делаю. Бутылка сладкого вина давным-давно опустела.

— Ты, наверное, голодный?

— Я всегда голодный.

Он ненасытный человек.

— Я... забыла свою корзину на рынке.

— Ха! Эка важность! Я сам сегодня все утро ходил как пьяный. Ведь мы чудесно провели прошлую ночь, разве нет? — Он довольно хмыкнул, предавшись воспоминаниям.

Я не ответила. А просто достала две тарелки, положила два ножа, остатки утреннего хлеба. Посмотрела на баночку гусиного паштета. Больше мне нечего было ему дать.

— Встреча с Ганьером прошла на редкость удачно. Он говорит, в галерее «Берту» в Шестнадцатом округе хотят выставить мои ранние пейзажи. То, что я написал в Казуль-ле-Безье. Говорит, у него уже есть покупатели на две большие работы. — (Я услышала звук вытаскиваемой из бутылки пробки, звон стаканов.) — Кстати, я сообщил ему о нашей новой системе сбора денег. Мой рассказ о твоих вчерашних подвигах произвел на него неизгладимое впечатление. Вот теперь, когда рядом со мной с одной стороны он, а с другой — ты, cherie, мы точно заживем на славу!

— Рада слышать, — отозвалась я, придвинув к нему корзиночку с хлебом.

Не понимаю, что со мной случилось. Я не могла на него смотреть. Я села напротив, предложив ему фуа-гра и немного масла. Разрезала апельсин на четвертинки и положила два кусочка ему на тарелку.

— Фуа-гра! — Он открыл крышку. — Любовь моя, ты меня балуешь. — Он отломил кусочек хлеба и намазал нежно-розовым паштетом. Я смотрела, как он ест, не сводя с меня глаз, и мне отчаянно захотелось, чтобы он сказал, что никогда не любил фуа-гра, что просто ненавидит его. Однако Эдуард послал мне воздушный поцелуй, причмокнул губами от удовольствия. — Вот это жизнь! Да?

— Эдуард, фуа-гра выбирала не я. Мими Эйнсбахер предложила купить его для тебя.

— Мими, да? — Он на секунду впился в меня взглядом. — Ну... она знает толк в еде.

— А в других вещах?

— Э-э-э?

— В чем еще Мими знает толк?

Паштет лежал нетронутым у меня на тарелке. Мне кусок в горло не лез. Как бы то ни было, я никогда не любила фуа-гра, поскольку отлично знала, как насильно откармливают гусей, пока у них не распухают от ожирения внутренние органы. Одним словом, переизбыток того, что ты любишь, тоже способен причинить боль.

Эдуард положил нож на тарелку. Посмотрел на меня:

— Софи, в чем дело? — (Я словно онемела.) — Похоже, у тебя плохое настроение.

— Плохое настроение.

— Ты расстроена из-за моих слов? Из-за того, что я отнюдь не был монахом? Я ведь уже объяснял тебе, моя дорогая, что все это было до встречи с тобой. И я тебя никогда не обманывал.

— А вдруг ты захочешь снова с ней переспать?

— Что?

— Когда прелести семейной жизни утратят свою новизну, а? Ты снова примешься за старое?

— Ты о чем?

— Господи, да будешь ты наконец есть или нет? Жри свой любимый паштет!

Он окинул меня долгим взглядом, а когда заговорил, голос его был на редкость проникновенным:

— Чем я заслужил подобное отношение? Разве я дал тебе хоть малейший повод сомневаться в моей верности? И разве постоянно не демонстрировал тебе свою искреннюю преданность?

— Не в этом дело.

— Тогда в чем же?

— Как тебе удается заставить их так смотреть на тебя? — уже громче спросила я.

— Кого?

— Женщин. Всех этих Мими и Лаур. Девушек из бара, уличных девиц, да и вообще любую гулящую девку, что пройдет мимо нашей двери. Как тебе удается заставить их так позировать?

Эдуард на мгновение потерял дар речи. А когда снова обрел способность говорить, его губы были непривычно поджаты.

— Так же, как я заставил тебя позировать мне. Я всего-навсего прошу их об этом.

— А потом? Ты делаешь с ними то же, что тогда со мной?

Эдуард уставился в тарелку и ответил не сразу:

— Софи, если мне не изменяет память, именно ты соблазнила меня в тот первый раз. Или это не вписывается в твою новую интерпретацию прошлых событий?

— Так-то ты меня хочешь утешить?! Заявив, что я единственная из твоих натурщиц, с которой ты даже не попытался переспать!

Его голос взорвал тишину в мастерской:

— Что с тобой такое, Софи?! Зачем ты себя накручиваешь? Мы счастливы, ты и я. И ты прекрасно знаешь, что после встречи с тобой я вообще не смотрю на других женщин!

Я ответила ему бурными саркастическими аплодисментами, каждый отрывистый хлопок эхом разносился по притихшей мастерской.

— Здорово, Эдуард! Ты хранил мне верность весь медовый месяц! Надо же, как восхитительно!

— Господи помилуй! — Он бросил салфетку. — Где моя жена? Моя довольная, сияющая, любящая жена? И откуда взялась эта женщина, которую я получил вместо нее?

Подозрительная страдалица? Хмурая обличительница?

— Ах вот, значит, какой я тебе кажусь?!

— Стоило нам пожениться, как ты сразу же сделалась такой.

Мы сверлили друг друга глазами. Тяжелая тишина, казалось, заполнила мастерскую.

Где-то на улице заплакал ребенок, а мать принялась его бранить и одновременно утешать.

Эдуард провел рукой по лицу. Сделал глубокий вдох и посмотрел в окно, затем повернулся ко мне:

— Ты отлично знаешь, что я вижу тебя совсем другой. Ты знаешь, что я... Боже мой, Софи, я не понимаю причину твоей ярости. Не понимаю, чем заслужил такое отношение...

— Почему бы тогда не спросить их? — Я махнула рукой в сторону его картин. Мой голос прерывался от едва сдерживаемых рыданий. — И вообще, как может жалкая провинциалка рассчитывать на то, чтобы понять твою жизнь?!

— Ох, ты просто невыносима! — воскликнул он, швырнув салфетку.

— Быть твоей женой — вот что действительно невыносимо. И я уже начинаю сомневаться, с чего это ты взял себе за труд на мне жениться.

— Ну, Софи, по крайней мере, тут ты не одинока.

Мой муж пригвоздил меня взглядом, затем схватил с кровати пальто, повернулся и вышел вон.

Глава 5

Мост Искусств,
2002 год

Когда он наконец звонит, она на мосту. Она и сама не может сказать, как долго там сидит. Проволочные ограждения практически не видны из-за множества замков с выцарапанными инициалами влюбленных, и туристы, согнувшись в три погибели, читают эти инициалы, накорябанные несмываемым маркером или заранее выгравированные наиболее предусмотрительными парочками. Кое-кто снимается на фоне самых красивых замков, а кое-кто вешает свои.

Задолго до поездки в Париж Дэвид рассказывал ей об этом месте, где влюбленные, надев на ограду замок, в знак своей вечной любви кидают ключи в Сену, причем городские службы время от времени старательно снимают замки, но уже через несколько дней они появляются снова — с признаниями в вечной любви, с инициалами влюбленной парочки, которая года через два может по-прежнему быть вместе, а может и разбежаться по разным континентам, лишь бы не дышать одним воздухом с некогда любимым человеком. Дэвид рассказал, что дно реки под мостом регулярно чистят, извлекая на свет божий бесконечное количество ржавых ключей.

И вот сейчас Лив сидит на скамье, смотрит на увешанную замками мерцающую поверхность, стараясь особо не приглядываться. Сейчас ей не хочется думать о том, что именно все эти замки символизируют.

— Жди меня на мосту Искусств, — бросает она мужу. И больше ничего. Возможно, ее тон говорит сам за себя.

— Буду через двадцать минут, — отвечает он.

Она видит, как он направляется в ее сторону от Лувра, по мере приближения его синяя рубашка становится все ярче. На нем штаны цвета хаки, и ее пронизывает мысль о том, что ей все-таки ужасно нравится смотреть на мужа. Очертания его фигуры ей до боли знакомы, хотя они с Дэвидом не так давно вместе. Она смотрит на эти мягкие взъерошенные волосы, на угловатые линии лица; у него стремительная походка человека, которому не терпится перейти к чему-то новому. А потом она видит на плече у Дэвида кожаную сумку, в которой он обычно носит чертежи.

Что я наделала?

Он не улыбается, хотя совершенно ясно, что заметил Лив. Подходит к ней, слегка замедлив шаг, ставит сумку и садится рядом.

Несколько минут они сидят молча, наблюдая за тем, как скользят мимо прогулочные суда.

И наконец Лив говорит:

— Я не могу это сделать. — Она смотрит на неторопливое течение Сены, близоруко щурясь на людей, разглядывающих замки. — Боюсь, мы совершили ошибку. Я совершила ошибку.

— Ошибку?

— Я очень импульсивная. И понимаю, нам не следовало торопиться. Нам следовало... узнать друг друга получше. Вот я тут и подумала. Мы же не устраивали торжественной свадьбы или типа того. И не все наши друзья в курсе. Мы можем просто... Мы можем просто сделать вид, будто ничего не было. Ведь мы оба еще так молоды.

— Лив, о чем ты говоришь?!

Она смотрит на него в упор:

— Дэвид, мне все стало ясно, пока ты шел ко мне. Ты взял с собой чертежи. — Он при этих словах чуть вздрогнул, но она заметила. — Ты заранее знал о встрече с Голдштейнами. И ты положил чертежи в сумку, прихватив ее с собой, несмотря на наш медовый месяц.

Он смущенно потупился:

— Я не знал. Я надеялся.

— И по-твоему, это хоть что-то меняет?

Они сидят молча. Дэвид наклоняется вперед, обхватив руками колени. Затем украдкой смотрит на Лив, лицо у него явно расстроенное.

— Лив, я люблю тебя. А ты? Ты меня больше не любишь, да?

— Люблю. И даже очень. Но я не могу... не могу это сделать. Я сама на себя не похожа. А я этого не хочу.

— Ничего не понимаю, — качает он головой. — Это просто смешно. Меня всего-то не было пару часов.

— Речь не о паре часов. Речь о нашем медовом месяце. Значит, дальше все пойдет по тому же шаблону.

— Как может медовый месяц быть каким-то шаблоном? Господи, да большинство людей вообще просто уезжают к морю и две недели валяются на пляже! И по-твоему, они именно так проведут оставшуюся жизнь?

— Не смей передергивать мои слова! Ты знаешь, что я имею в виду. Медовый месяц бывает раз в жизни...

— Просто это здание...

— Ах, это здание! Это здание. Это вонючее здание. У тебя ведь всегда будет какое-нибудь здание, разве нет?

— Нет. Тут особый случай. Они...

— Они хотят, чтобы ты с ними снова встретился.

Он вздыхает, у него каменеет лицо.

— Собственно, даже не встреча. А просто ланч. Завтра. В одном из лучших парижских ресторанов. И ты тоже приглашена.

Если бы ей так не хотелось плакать, она непременно рассмеялась бы. Когда она наконец обретает дар речи, ее голос звучит удивительно спокойно:

— Прости, Дэвид. Я тебя ни в чем не обвиняю. Моя вина. Я была настолько увлечена тобой, что вообще плохо соображала.

И не подумала о том, что выйти замуж за человека, все мысли которого заняты работой, равнозначно тому... — Ее голос внезапно дрогнул.

— Чему? Лив, я все еще люблю тебя. Нет, я решительно отказываюсь понимать.

Она сердито трет глаза:

— Я, наверное, не умею хорошо объяснять. Послушай... пойдем со мной. Я хочу тебе кое-что показать.

До Музея Орсэ идти совсем недалеко. Очередь практически рассосалась, и они, простояв десять минут в напряженном молчании, оказываются у входа. Она необычайно остро чувствует его присутствие и возникшую между ними непривычную неловкость. И в глубине души ей до сих пор не верится, будто их медовый месяц подходит к концу.

Она нажимает на кнопку лифта, уже точно зная, куда пойдет. Дэвид следует за ней. Они идут через залы импрессионистов на последнем этаже, осторожно обходя глазеющих посетителей. Очередная группа школьников сидит перед картиной «Завтрак на траве», и все тот же артистичный музейный смотритель посвящает их в подробности скандала с обнаженными женщинами. Она думает об иронии судьбы, по чьей прихоти она идет рядом со своим мужем, который был так нужен ей утром, именно теперь, когда уже все потеряно. И вот они останавливаются перед небольшой картиной.

Лив смотрит на полотно, Дэвид подходит поближе.

— «Жена в плохом настроении», — читает он. — Эдуард Лефевр.

Дэвид внимательно смотрит на полотно, затем поворачивается к Лив, ожидая объяснений.

— Итак... Я увидела картину сегодня утром... эту несчастную, нелюбимую жену. И меня словно стукнуло. Я не хочу уподобляться этой несчастной женщине. У меня внезапно возникло предчувствие, что вся наша семейная жизнь станет именно такой: я буду жадно искать твоего внимания, а ты не сможешь мне его дать. Что меня пугает до потери пульса.

— Наш брак никогда не будет таким.

— Не желаю чувствовать себя женой, которой пренебрегают даже в медовый месяц.

— Лив, я вовсе не пренебрегаю тобой...

— Но ты заставляешь меня чувствовать себя маленькой и незначительной, причем именно тогда, когда я вполне резонно ожидала, что ты будешь наслаждаться моим обществом и тебе никто, кроме меня, не будет нужен. — Ее голос наполняется страстью. — Я хотела походить по маленьким парижским барам, присесть за столик, выпить вина, подержать тебя за руку. Я хотела слушать твои рассказы о том, кем ты был до нашего знакомства и чего ты ждал от жизни. Хотела рассказать тебе обо всем, что запланировала для нас обоих. Хотела до умопомрачения заниматься сексом. И совсем не хотела в одиночестве ходить по музеям и пить кофе с незнакомыми мужчинами, чтобы убить время. — Она чувствует злорадное удовольствие от его удивленного взгляда исподтишка. — И когда я увидела эту картину, мне все стало ясно. Это я, Дэвид. Та, какой я стану. И очень скоро. Поскольку даже сейчас ты не можешь понять, что уж такого плохого в том, чтобы потратить два-три дня из нашего пятидневного медового месяца, втюхивая свой проект парочке богатых бизнесменов. — Она судорожно сглатывает. У нее дрожит голос. — Прости. Я... я не хочу становиться такой женщиной. Такой была моя мама, и это меня до смерти страшит. — Она украдкой вытирает глаза, стараясь избежать любопытных взглядов посетителей.

Дэвид смотрит на картину. И несколько минут не говорит ни слова. Затем поворачивается к ней. Лицо у него опрокинутое.

— Ладно, я понял. — Он растерянно ерошит волосы. — И ты права. Насчет всего. Я невероятно тупой. И эгоистичный. Прости. — Он умолкает, поскольку перед картиной остановилась какая-то немецкая пара. Дождавшись, когда они уйдут, Дэвид продолжает: — Но... ты заблуждаешься насчет картины. — (Она удивленно смотрит на него.) — Этой женщиной вовсе не пренебрегают. Судя по задумке художника, их любовь отнюдь не умерла. — Он подходит поближе и берет ее под руку. — Лив, посмотри, как он ее изобразил. Он не хочет, чтобы она сердилась. Он по-прежнему смотрит только на нее. Погляди, какие деликатные мазки, как светится ее кожа. Он ее обожает. Он не желает, чтобы она сердилась. Он не может отвести от жены глаз, даже когда она злится на него. — Дэвид делает паузу перевести дух. — Он там, и он не собирается уходить, несмотря на ее дурное настроение.

У Лив на ресницах дрожат слезы.

— Что ты этим хочешь сказать?

— Я не верю, что эта картина должна означать конец нашей семейной жизни. — Он берет жену за руку, их пальцы переплетаются. — Потому что я вижу все в совершенно другом ракурсе. Да, что-то пошло не так. Да, эта женщина сейчас очень несчастна. Но, Лив, когда я смотрю на картину, то чувствую, что она буквально дышит любовью.

Глава 6

1912 год

Когда вскоре после полуночи я принялась бродить по улицам Латинского квартала, неожиданно пошел противный мелкий дождик. Моя фетровая шляпа насквозь промокла, холодные капли стекали за воротник, но я была настолько поглощена горестными мыслями, что не чувствовала холода.

В глубине души я понимала, что, наверное, стоило подождать Эдуарда дома, но мне было не усидеть на одном месте, тем более в обществе всех этих женщин на картинах, служивших молчаливым свидетельством потенциальной неверности моего мужа. Более того, я не могла забыть печальных глаз Эдуарда, с застывшей в них немой болью, у меня в ушах стоял его звеневший от ярости голос. *Кто эта хмурая обличительница?* Он больше не видел во мне своего идеала, но кто его за это осудит? Он наконец разглядел мою подлинную сущность, ведь, положа руку на сердце, я была всего-навсего простой, провинциальной, серенькой продавщицей. Он попал в брачную ловушку исключительно из-за ревности и теперь наверняка горько сожалел о поспешности, с которой совершил столь необдуманный шаг.

А что, если просто собрать вещи и уехать? Но каждый раз, как эта идея появлялась в моем воспаленном мозгу, у меня тотчас же находился весомый контраргумент: я любила Эдуарда всем сердцем и не представляла своей жизни без него. И разве я смогу вернуться в Сен-Перрон, чтобы вести жизнь старой девы, после такой бури страстей? Разве я смогу спокойно жить, если меня будет преследовать мысль, что он сейчас за много миль от меня. Ведь даже когда он ненадолго уходил из мастерской, его отсутствие вызывало у меня в душе непонятную фантомную боль. Я по-прежнему чувствовала к нему непреодолимое физическое влечение. Да и вообще, я не могла позволить себе появиться дома буквально через несколько недель после бракосочетания.

И тем не менее на нашем пути стояла непреодолимая преграда. Я навсегда останусь провинциалкой. И никогда не научусь обходиться с мужем, как умеют лишь настоящие парижанки, закрывающие глаза на шалости своих мужчин. Но разве можно жить с ощущением, что над тобой висит дамоклов меч и ты рано или поздно почувствуешь, как от твоего мужа пахнет другой женщиной? И даже если у меня не будет прямых доказательств его неверности, что, если в один прекрасный день я увижу Мими Эйнсбахер или одну из тех женщин, позирующих ему в обнаженном виде, на нашей кровати? И что мне тогда делать? Просто исчезнуть в задней комнате? Отправиться на прогулку? Сидеть и смотреть на них? Он меня точно возненавидит. Он увидит во мне тюремщицу, каковой, собственно, я уже и являюсь в глазах мадам Эйнсбахер.

Похоже, я не подумала о том, что на самом деле будет значить для нас супружество. Я не видела дальше своего носа, завороженная его голосом, ласками, поцелуями, а всему виной тщеславие, ведь я была ослеплена своим отражением в картинах и в глазах Эдуарда. А теперь позолота облупилась, и я осталась просто женой — хмурой обличительницей. И эта моя ипостась мне совсем не нравилась. Я прошла чуть ли не весь Париж — от улицы Риволи и так до бесконечности, не обращая внимания на любопытные взгляды мужчин, улюлюканье забулдыг. С трудом передвигая сбитыми в кровь ногами, я отворачивала заплаканное лицо от любопытных взглядов прохожих. Я оплакивала свой брак, который закончился полным провалом. Оплакивала того Эдуарда, который когда-то видел во мне идеал женщины. Оплакивала наше безоблачное счастье, ощущение неуязвимости, ведь мне казалось, что вдвоем мы одолеем любые напасти и сможем выстоять против целого мира. Тогда почему все так быстро закончилось? Я шла, погрузившись в мрачные раздумья, и не заметила, как стало светать.

— Мадам Лефевр?

Я обернулась, какая-то женщина вышла из тени. Когда она оказалась в дрожащем круге света уличного фонаря, я узнала в ней девушку, с которой Эдуард познакомил меня в ночь той памятной потасовки в баре «Триполи». Господи, как же ее зовут? Лили? Лаура?

— Мадам, порядочным женщинам негоже появляться на улице в такое время, — сказала она.

Я не нашлась что ответить. Да и вообще сомневалась, что могу говорить.

Он якшается с уличными девками из района красных фонарей Пигаль.

— Боже, я совсем забыла о времени!

Я бросила взгляд на часы. Без четверти пять. Значит, я бродила всю ночь.

Лицо девушки оставалось в тени, но я чувствовала на себе ее испытующий взгляд.

— Вы в порядке?

— У меня все отлично. Спасибо.

Однако она упорно продолжала смотреть на меня. Затем шагнула поближе и легонько коснулась моего локтя.

— Знаете, по-моему, это не самое подходящее место для замужней женщины, чтобы гулять в одиночестве. А что, если нам пропустить по стаканчику? Я знаю хороший бар неподалеку. — Заметив мои сомнения, она выпустила мой локоть и слегка попятилась. — Но конечно, если у вас другие планы, то я не обижусь.

— Нет. С вашей стороны очень любезно меня пригласить. На улице так холодно.

Я... только сейчас поняла, что продрогла до костей.

Мы молча прошли по двум узеньким улочкам и свернули в сторону светящегося окна. Какой-то китаец открыл нам тяжелую деревянную дверь, и моя спутница обменялась с ним парой коротких фраз. В баре было тепло, окна запотели от влажных испарений, компания мужчин распивала спиртные напитки. Водители такси, объяснила Лаура и провела меня в конец зала. Лаура Леконт заказала напитки, а я тем временем села за столик и сняла насквозь промокшую накидку. В маленьком зале было шумно и весело; мужчины следили за карточной игрой в углу. В зеркале на стене я вдруг увидела свое лицо, бледное, в каплях дождя, мокрые волосы облепили голову. А почему, собственно, он должен любить только меня? — подумала я, но поспешно отогнала эту мысль.

К столику подошел немолодой официант с подносом, и Лаура вручила мне бокал коньяка. И вот теперь, когда мы сидели за столиком, я поняла, что мне не о чем с ней говорить.

— Хорошо, что мы зашли внутрь, — бросив взгляд в сторону двери, сказала Лаура.

Дождь уже зарядил не на шутку, потоки воды, булькая, стекали в сточные канавы.

— Думаю, да.

— А месье Лефевр дома?

Она назвала Эдуарда официально, по фамилии, хотя знала его гораздо дольше меня.

— Понятия не имею.

Я сделала глоток коньяка. Напиток обжег горло. И неожиданно я начала говорить. Скорее всего, дело было в отчаянии, а возможно, в осознании того факта, что женщина вроде Лауры успела близко познакомиться с изнанкой жизни и ее вряд ли может что-нибудь удивить. Или же мне просто хотелось увидеть ее реакцию. Тем более что она, похоже, не принадлежала к числу женщин, представлявших для меня угрозу.

— Я была в расстроенных чувствах. И решила, что будет лучше... пройтись.

Она кивнула и едва заметно улыбнулась. Волосы ее были стянуты в низкий аккуратный узел, что больше пристало школьной учительнице, нежели ночной птичке.

— Я никогда не была замужем. Но вполне могу представить себе, что замужество кардинально меняет жизнь женщины.

— Да, к этому нелегко приспособиться. Хотя в принципе я считала себя вполне готовой для семейной жизни. А вот сейчас... я уже не так уверена в этом. Сомневаюсь, что у меня достаточно темперамента отвечать на все новые вызовы.

Я сама себе удивлялась, поскольку отнюдь не принадлежала к тем женщинам, что охотно пускаются на откровения. Прежде моей наперсницей была сестра, но сестра жила с Сен-Перроне, и теперь я могла поделиться лишь с Эдуардом.

— Значит, Эдуард... это для вас вызов?

Теперь я заметила, что Лаура несколько старше, чем мне казалось; умелое обращение с румянами и губной помадой позволяло ей вернуть очарование юности. И было в ней нечто, что располагало к откровениям: судя по ее виду, она явно умела держать рот на замке. Интересно, а что она делала сегодня вечером и какие еще секреты успела услышать?

— Да. Нет. Дело не только в Эдуарде. — Мне трудно было объяснить. — Я не знаю. Простите. Не следовало нагружать вас своими проблемами.

Она заказала мне еще коньяку. И осталась сидеть, потягивая свой и словно взвешивая свои слова. Наконец она наклонилась ко мне и тихо произнесла:

— Надеюсь, это не будет для вас сюрпризом, мадам Лефевр, если я скажу, что являюсь экспертом в области психологии женатых мужчин. — (Я слегка покраснела.) — Уж не знаю, что привело вас сюда сегодня вечером, да и, на мой взгляд, никто не способен непредвзято судить о том, что на самом деле происходит между супругами. Но могу сказать одно: Эдуард вас обожает. И я говорю это совершенно уверенно, поскольку уж кто-кто, а я в своей жизни повидала мужчин, и даже молодоженов. — Я удивленно вскинула на нее глаза, и она выразительно приподняла брови. — Да-да, молодоженов во время медового месяца. И до знакомства с вами я на чем угодно могла бы поклясться, что Эдуард Лефевр никогда не женится. И с удовольствием будет вести прежнюю беспечную жизнь. А потом он встретил вас. И вы без лишних ухищрений завоевали его сердце, его ум, его воображение. Поэтому, мадам Лефевр, не стоит недооценивать его чувства к вам.

— А как насчет других женщин? Мне что, не стоит обращать на них внимание?

— Других женщин?

— Мне намекнули... Эдуард не тот мужчина, который сможет довольствоваться... лишь кем-то одним.

Лаура остановила на мне тяжелый взгляд:

— И что за змея подколодная вам это сказала? — (Кажется, меня выдало выражение лица.) — Какие бы ядовитые семена ни посеяла в вашей душе ваша советчица, она в этом преуспела. — Лаура глотнула вина. — Вот что я вам скажу, мадам Лефевр, и надеюсь, вы не будете держать на меня зла, потому что совет мой от чистого сердца. Да, я действительно не верила, что Эдуард создан для брака. Но когда я встретила вас вдвоем в тот вечер возле бара «Триполи», увидела, как он смотрит на вас, как гордится вами, как ласково кладет вам руку на спину, как заглядывает вам в глаза в надежде встретить одобрительный взгляд, я поняла, что вы созданы друг для друга. А еще, что он счастлив. Безумно счастлив. — (Я слушала, затаив дыхание.) — И должна вам признаться, что в нашу первую встречу я испытала стыд — чувство, отнюдь мне не свойственное. Потому что когда я позировала Эдуарду или просто встречала его, быть может, по дороге из бара или ресторана, то предлагала ему себя совершенно бесплатно. Я всегда была от него без ума, понимаете? Однако после того, как он встретил вас, он мне отказывал, с привычной для него деликатностью, но весьма решительно. — Дождь неожиданно закончился. Какой-то мужчина высунул руку на улицу и что-то бросил своему товарищу, заставив того рассмеяться. Голос Лауры понизился до едва слышного шепота. — Если уж говорить откровенно, ваш брак может разрушиться вовсе не из-за вашего мужа. Нет, главная угроза для вас — яд, которым отравляют вашу душу так называемые советчики, превращая вашу жизнь в самый настоящий кошмар и отталкивая от вас мужа. — Лаура допила коньяк. Набросила на плечи шаль и встала из-за стола. Посмотрелась в зеркало, поправила выбившуюся прядь волос и повернулась в сторону окна. — Вот и дождь прошел. Думаю, сегодня будет отличный день. Возвращайтесь домой к мужу, мадам Лефевр. И радуйтесь своей удаче. Оставайтесь женщиной, которую он нежно любит. — Она подарила мне мимолетную улыбку. — И вам мой совет на будущее. Получше выбирайте себе советчиков.

А затем, что-то сказав хозяину заведения, она вышла из бара навстречу голубоватому рассвету. Я сидела, пытаясь переварить ее слова и чувствуя безмерную усталость, а вместе с тем и глубокое облегчение.

Я попросила пожилого официанта принести счет. Однако он, пожав плечами, сказал, что мадам Лаура уже все оплатила, и как ни в чем не бывало продолжил вытирать стаканы.

Когда я поднялась по лестнице, в квартире было очень тихо. Значит, Эдуард уже спит. Ведь когда мой муж был дома, то являл собой постоянный источник шума: он или пел, или свистел, или заводил граммофон, причем так громко, что соседи начинали раздраженно колотить в стенку. Воробьи чирикали на веточках плюща, увивавшего наш дом, отдаленный стук копыт по булыжной мостовой говорил о том, что город постепенно просыпается, однако в квартирке на улице Суффло в доме номер 21а царила абсолютная тишина. Я старалась не думать, где пропадал Эдуард и в каком состоянии духа находился, а просто сняла туфли и поднялась по лестнице, шаркая ногами по деревянным ступенькам. Мне не терпелось лечь рядом с Эдуардом в постель и прильнуть к нему. Я собиралась сказать ему, что сожалею, что я его обожаю, что я круглая дура. Что я снова стану той женщиной, на которой он женился.

Сгорая от нетерпения, я тихонько открыла дверь квартиры. И мысленно представила себе, как Эдуард лежит на скомканных простынях в супружеской постели, как сонно приподнимает одеяло, чтобы пустить меня к себе под бочок. Но когда я, поспешно стягивая с себя пальто, заглянула в спальню, Эдуарда там не было.

Я неуверенно прошла мимо кровати в мастерскую, мои нервы были на пределе, ведь я не знала, какой прием меня ждет.

— Эдуард? — позвала я, но ответа не последовало.

Мастерская была тускло освещена обгоревшими свечами, которые я перед уходом в спешке забыла погасить, из длинного окна просачивался холодный утренний свет. Судя по стоявшему холоду, огонь давным-давно погас. В дальнем конце комнаты спиной ко мне стоял Эдуард, в одной рубашке и свободных штанах, и смотрел на картину на мольберте.

Я замерла на пороге, глядя на мощную спину и густые темные волосы своего мужа. Он обернулся, в глазах промелькнула тревога — какой еще сюрприз приготовила его дражайшая женушка? — и этот взгляд ранил меня в самое сердце.

Тогда я, с туфлями в руке, подошла к нему. Всю обратную дорогу домой я представляла себе, как брошусь в его объятия. И ничто не сможет мне помешать. Но, оказавшись в этой сумрачной, притихшей комнате, я вдруг почувствовала непонятную робость. Я остановилась возле мужа и, не спуская с него глаз, повернулась к мольберту. Женщина на картине наклонилась вперед, лицо искажено глухой яростью, темно-рыжие волосы завязаны свободным узлом, совсем как у меня накануне вечером. Поза женщины говорит о напряжении душевных сил, о затаенной обиде, а в том, что она отказывается смотреть на художника, кроется молчаливый протест.

У меня комок встал в горле.

— Это... шедевр, — прерывающимся голосом произнесла я.

Он оглянулся, и я увидела, насколько он измучен, веки набрякли и покраснели то ли от недосыпа, то ли от чего-то еще. И мне захотелось поскорее стереть следы печали на его лице, взять назад свои слова, поднять ему настроение.

— Ох, я была такой глупой... — начала я, но он не дал мне договорить, притянув к себе.

— Софи, не покидай меня! Больше никогда, — хрипло прошептал он мне на ухо.

Мы не разговаривали. Мы молча стояли, не в силах разжать объятия, словно встретились после долгой разлуки.

Его голос дрожал от переизбытка чувств.

— Мне пришлось написать твой портрет, потому что тебя не было рядом, а это единственный способ вернуть тебя.

— Я здесь, — прошептала я и, ласково запустив руки ему в волосы, наклонила его голову к своему лицу так, чтобы наше дыхание смешалось. — Я тебя больше не покину. Никогда.

— Мне хотелось написать тебя такой, какая ты есть. А получилась сердитая, несчастная Софи. И тогда я подумал: «Это я виноват в том, что она несчастна».

Я решительно покачала головой:

— Нет, это вовсе не ты, Эдуард. Давай забудем эту ночь. Ну пожалуйста.

Он отодвинул от меня мольберт:

— Тогда я не стану заканчивать картину. И вообще не желаю на нее смотреть. О Софи... Прости. Мне так жаль...

И я поцеловала его. Я поцеловала его, вложив в поцелуй всю силу своей любви. Этим поцелуем я хотела сказать Эдуарду, что люблю его до умопомрачения, что жизнь до встречи с ним была серой и унылой, а будущее без него представляется черным и беспросветным. Я хотела сказать, что люблю его безоглядно, чего сама от себя не ожидала. Люблю своего мужа. Своего красивого, непростого, талантливого мужа. Но мои чувства к нему были настолько безбрежными, что у меня не хватило слов их описать.

— Пойдем, — наконец произнесла я и, взяв его за руку, повела к постели.

Уже позже, когда нашу улицу оживили звуки позднего утра, торговцы фруктами начали бойкую торговлю, а в открытые окна проникли соблазнительные ароматы крепкого кофе, я оторвалась от Эдуарда и встала с постели, до сих пор чувствуя на губах терпкий вкус его поцелуев, а на спине —

холодные струйки пота. Я прошла в мастерскую, разожгла огонь и, покончив с делами, остановилась перед мольбертом. Пристально вгляделась в портрет, в деликатные контуры ее тела, в тонко подмеченную художником интимность момента, в идеальное отражение внутреннего мира женщины, то есть меня, на картине. И тогда я повернулась к Эдуарду:

— Знаешь, ты непременно должен закончить картину.

Приподнявшись на локте, он сонно сощурился:

— Но ты тут такая... несчастная.

— Возможно. Но это правда, Эдуард. А ты всегда показывал правду жизни. В том-то и состоит твой великий талант. — Я сладко потянулась, купаясь в нежном его взгляде. — И если честно, на нашем пути будет все. И размолвки, и плохое настроение. Ведь медовый месяц не может продолжаться вечно.

— Нет, может, — ответил он, а когда я прошлепала босыми ногами по полу обратно к кровати, привлек меня к себе и грустно улыбнулся. — Он может длиться столько, сколько мы пожелаем. И как хозяин этого дома, я постановляю, что отныне и навеки веков каждый день нашего брака будет медовым месяцем.

— Покорно повинуюсь воле своего мужа, — вздохнула я, уютно устраиваясь возле него. — Мы попробовали и поняли, что размолвки и плохое настроение нас решительно не устраивают. А я в свою очередь торжественно клянусь сделать все, чтобы превратить нашу семейную жизнь в сплошной медовый месяц.

Мы лежали в умиротворенной тишине, я закинула на него ногу, ощущая жар мускулистого тела и приятную тяжесть мощной руки. Мне еще никогда в жизни не было так хорошо. Я вдыхала мускусный запах его кожи, слушала, как бьется его сердце, и расслаблялась. Наконец я почувствовала, что начинаю потихоньку задремывать, словно уплывая в светлую даль на пушистом теплом облаке. И тут Эдуард снова заговорил.

— Софи, — едва слышно произнес он, — раз уж у нас пошел такой откровенный разговор, я должен тебе кое-что сообщить. — (Я тотчас же приоткрыла один глаз.) — Надеюсь, твои чувства не будут слишком сильно задеты.

— Что такое? — У меня екнуло сердце.

На секунду замявшись, он взял мою руку в свою и сказал:

— Я понимаю, что ты собиралась меня побаловать. Но, честно говоря, я не люблю фуа-гра. И никогда не любил. Мне просто не хотелось с тобой пререка...

Однако ему не удалось договорить. Я закрыла ему рот поцелуем.

Глава 7

2002 год

— Поверить не могу, что ты звонишь мне во время медового месяца.

— Ну да. Дэвид решает какие-то дела в холле гостиницы. Вот я и подумала, что это идеальный повод выкроить время, чтобы поболтать две минутки.

Жасмин, прикрыв рукой микрофон, тихо говорит:

— Ладно, тогда, пожалуй, пойду в женский туалет, чтобы меня не засекла Бесли. Не отключайся. — (Я услышала звук закрываемой двери, торопливые шаги. И живо представила себе тесный офис над книжным магазином, плотный поток ползущего по Финчли-роуд транспорта, запах выхлопных газов в неподвижном летнем воздухе.) — Ну, давай выкладывай. Расскажи мне все. Буквально за двадцать секунд. У тебя, небось, теперь походка как у Джона Уэйна, да?

И ты, наверное, просто улетно проводишь время?

Я обвела глазами наш номер, переведя взгляд с недавно покинутой Дэвидом смятой постели на стоявший на полу чемодан, который я без особого энтузиазма уже начала собирать.

— Все было немножко странно. Я имею в виду — привыкать к семейной жизни. Но я ужасно счастлива.

— Ух ты! Как я тебе завидую! А я вчера вечером ходила на свидание с Шоном Джефрисом. Помнишь его? Брат Фи. Ну того, с жуткими ногтями? Честно говоря, сама удивляюсь, почему сказала «да». Он всю дорогу занудно рассказывал о себе. По идее, я должна была быть поражена в самое сердце оттого, что у него есть двухэтажная квартира во Фрирн-Барнете.

— Что ж, неплохой районччик. Весьма перспективный.

— Сама квартира дает кучу возможностей.

— Главное, суметь подняться по лестнице, — захихикала я.

— Тем более в его возрасте. Не дай бог, попадется плохо закрепленный кирпич.

— Он, небось, уже вышел на пенсию. Ну давай! Скажи, что он уже пенсионер.

— Он определенно на пенсии. Причем индексируемой. И он надел серые туфли, и настоял на том, чтобы оплатить счет пополам, и заказал самое дешевое вино, «потому что после первого бокала вкус уже все равно не чувствуется». Ох, Уортинг, как я хочу, чтобы ты поскорее вернулась! Мне дико хочется надраться. Свидания — это тихий ужас. Ты приняла единственно верное решение.

Я легла на спину и уставилась в белый потолок, богато украшенный, точно свадебный торт.

— Да неужели? И это несмотря на то, что я безумно импульсивна и не должна доверять своим порывам?

— Да! Жаль, что лично я оказалась не столь импульсивной. Я бы вышла замуж за Эндрю и переехала в Испанию, а не застряла бы в этом чертовом офисе, гадая, где бы перехватить двадцатку или пятерку, чтобы заплатить наконец налог на машину. Ну да бог с ним, мне надо бежать! Бесли только что вошла в женский туалет. — Голос Жасмин неожиданно становится деловым. —

Конечно, миссис Халстон. Большое спасибо за звонок. Не сомневаюсь, мы скоро с вами снова свяжемся.

Лив выключает телефон, когда в номер входит Дэвид. У него в руках коробка дорогущего шоколада от Патрика Роже.

— Что это такое?

— Ужин. Сейчас нам к этому еще в номер принесут шампанское.

Она ахает от восторга, начинает сдирать обертку с красивой бледно-бирюзовой коробки, кладет конфетку в рот и от наслаждения закрывает глаза:

— Боже мой, потрясающе! Только боюсь, после этих конфет и завтрашнего шикарного ланча я потом в дверь не влезу.

— Я отменил ланч.

Лив удивленно вскидывает глаза:

— Но я же сказала, что я...

Дэвид пожимает плечами:

— Нет. Ты была совершенно права. Больше никакой работы. Некоторые вещи должны оставаться священными.

Она кидает в рот очередную конфету и протягивает ему коробку:

— Ох, Дэвид... Я начинаю думать, что слишком остро на все отреагировала.

Полдень, с его накалом страстей, казалось, остался далеко позади. Теперь у нее такое чувство, будто они женаты давным-давно.

Он стягивает через голову рубашку.

— Вовсе нет. Ты имела полное право претендовать на то, чтобы во время медового месяца я уделял внимание лишь тебе и больше никому. Прости. Похоже... похоже, мне надо зарубить себе на носу, что я уже не один, а нас теперь двое.

И вот он снова такой, как прежде. Мужчина, в которого она влюбилась. *Муж*. И она вдруг вся пылает от желания. Он садится рядом с ней, и она прижимается к нему, а он тем временем продолжает говорить:

— Хочешь узнать самое интересное? Я позвонил Голдштейнам снизу и объяснил, что сожалею, но на этой неделе у меня больше не будет времени, поскольку на самом деле это мой медовый месяц.

— И...

— И они пришли в ярость.

Рука с конфетой замерла на полпути. У Лив оборвалось сердце.

— Господи, мне так жаль...

— Ага. Реально пришли в ярость. Они спросили меня, каким местом я думаю, если во время медового месяца оставляю молодую жену, чтобы обсудить деловые вопросы. Цитирую дословно: «Нельзя начинать так семейную жизнь, черт побери!» — Он лукаво ухмыляется.

— Мне всегда нравились эти твои Голдштейны, — говорит она, кидая конфетку в рот.

— Они сказали, что такое бывает лишь раз в жизни и вернуть это время уже невозможно.

— Думаю, я даже способна их полюбить.

— Через минуту ты полюбишь их еще больше. — Он встает и распахивает двустворчатую стеклянную дверь на балкон. Их маленький номер купается в лучах вечернего солнца, звуки оживленной Фран-Буржуа, с толпами туристов и ленивых покупателей, заполняют комнату. Он стаскивает туфли, носки, брюки, садится на кровать и поворачивается к Лив. — Они утверждают, будто чувствуют себя отчасти виноватыми в том, что разлучили меня с тобой. Поэтому они предложили нам свои апартаменты в «Рояль Монсо». Мы можем переехать хоть завтра. Решать тебе. Обслуживание в номере, ванна размером с океанский лайнер, море шампанского, можно вообще никуда не выходить. На двое суток. Я так долго и проторчал внизу, потому что на правах мужа взял на себя смелость перезаказать билеты на другое число. Ну что скажешь? — Он смотрит на Лив, и в его глазах проскальзывает тень сомнения. — Тебе придется провести еще сорок восемь часов в обществе мужчины, который, если верить нашим дружественным местным миллиардерам, треклятый тупоголовый идиот.

Она смотрит на него широко раскрытыми глазами:

— Треклятые тупоголовые идиоты — мой самый любимый тип мужей.

— Я очень надеялся, что ты именно так и скажешь.

Они откидываются на подушки и лежат рядышком, взявшись за руки.

Она смотрит в окно на ярко освещенный «город огней» и невольно улыбается. Она замужем. Она в Париже. Завтра она исчезнет в недрах необъятной двуспальной кровати вместе с любимым мужчиной и два дня вообще не будет вставать. Одним словом, лучше не бывает.

Или бывает?

— Я исправлюсь, миссис Халстон, — шепчет он, поднося ее пальцы к губам. — Конечно, это может занять много времени, целую супружескую жизнь, но рано или поздно я все сделаю правильно.

У него на носу две веснушки. Она их никогда раньше не замечала. Да и вообще, она в жизни не видела таких красивых веснушек.

— Идет, мистер Халстон, — говорит она, от греха подальше убирая коробку с шоколадом на прикроватный столик. — У нас с тобой впереди еще много-много лет.

ОДНА В ПАРИЖЕ

Глава 1

Нелл передвигает сумку на пластиковом сиденье вокзала и, наверное, в сотый раз смотрит на настенные часы. И тотчас же переводит взгляд на раздвигающиеся двери за контролем безопасности. Еще одна семья — орущие, упирающиеся детишки и невыспавшиеся родители. Явно собираются в Диснейленд, проходят в зал отправления.

Последние полчаса ее сердце тревожно колотится и от волнения противно сосет под ложечкой.

— Он придет. Он обязательно придет. Он обязательно сможет, — едва слышно бормочет она.

— Поезд номер 9051 на Париж отходит от второй платформы через десять минут. Пройдите на платформу, пожалуйста. Не забывайте ваш багаж.

Она нервно жует губу, затем отправляет ему новую эсэмэску, пятую по счету.

Ты где? Поезд уже отходит!

Она отправила ему две эсэмэски, когда вышла из дому, — проверить, что ничего не изменилось и они действительно встречаются на вокзале. Когда он не ответил, она объяснила это тем, что сейчас едет в метро. Или он едет в метро. Тогда она послала третью эсэмэску, затем — четвертую. И вот после пятой эсэмэски телефон у нее в руке начинает вибрировать.

Прости, детка. Застрял на работе. Никак не успеваю.

Словно они всего-навсего сговорились по-быстрому пропустить вечером по стаканчику. Она смотрит на экран и не может поверить своим глазам.

Не успеваешь на этот поезд? Мне подождать?

И через пару секунд получает ответ.

Нет, поезжай одна. Попробую успеть на более поздний поезд.

Она слишком потрясена, чтобы сердиться. Она стоит столбом посреди толпы торопливо натягивающих куртки людей и выстукивает ответ:

Но где мы встретимся?

Он не отвечает. *Застрял на работе.* Магазин экипировки для серфинга и дайвинга. На дворе ноябрь. Из-за каких неотложных дел, спрашивается, он мог застрять?

Она смотрит по сторонам, словно надеясь, что все это розыгрыш. Словно он прямо сейчас ворвется в зал ожидания и со своей обычной широкой улыбкой скажет, будто просто решил ее подразнить (он любит, и даже слишком, ее дразнить). А затем возьмет ее за руку, поцелует в щеку обветренными губами и скажет что-то вроде: «Надеюсь, ты не подумала, будто я могу такое пропустить, а? Твою первую поездку в Париж?»

Но стеклянные двери остаются закрытыми.

— Мадам? Вам надо пройти на платформу. — Кондуктор поезда «Евростар» тянется за ее билетом.

Она колеблется еще долю секунды — *придет не придет?* — и вот она уже в толпе, ее чемоданчик катится за ней. Она останавливается и набирает:

Тогда жди меня в отеле.

Она спускается по эскалатору, а гигантский поезд тем временем с ревом подъезжает к платформе.

— Что значит, ты не едешь? Мы ведь еще сто лет назад это запланировали.

Ежегодная поездка их девичьей компании в Брайтон. Они — это Нелл, Магда, Триш и Сью — уже шесть лет каждый год отправляются туда в первый уик-энд ноября или набившись в старый внедорожник Сью, или на служебной машине Магды. Они исчезали, отрываясь от повседневности, на двое суток, в течение которых безудержно пили, зависали с парнями, приехавшими на мальчишник, мучились похмельем за завтраком в задрипанном отеле под названием «Брайтон лодж».

Их ежегодным поездкам не помешали появление двух малышей, один развод и даже опоясывающий лишай (тогда они ограничились тем, что устроили вечеринку в номере Магды). И не было такого случая, чтобы они кого-нибудь недосчитались.

— Ну, Пит предложил мне поехать в Париж.

— Пит везет тебя в Париж? — Магда вытаращилась на нее так, будто она заявила, что учит русский язык. — *Пит?*

— Говорит, ему не верится, что я там никогда не была.

— Я однажды ездила в Париж, со школьной группой. Я потерялась в Лувре, и кто-то спустил мою кроссовку в унитаз в молодежном хостеле, — сообщила Триш.

— А я обжималась с французским парнишкой, потому что он был похож на того чувака, что встречался с Холли Берри.

— Так это тот Пит, который *Пит-волосатик*? *Твой* Пит? Не в обиду будь сказано, но, по-моему, он типа...

— Лузер, — услужливо подсказала Сью.

— Хрен моржовый.

— Засранец.

— Выходит, мы все трое ошиблись. Выходит, он крутыш, который берет Нелл на отвязные уик-энды в Париж. Что, конечно... ну, в общем, вы поняли. Здорово. Я только надеюсь, что тот уик-энд не совпадет с нашим уик-эндом.

— Ну, так как мы уже взяли билеты... было трудно... — махнув рукой, промямлила Нелл, в глубине души надеясь, что подруги не станут уточнять, кто именно брал билеты.

Это был единственный оставшийся до Рождества уик-энд, когда еще действовали скидки.

Она распланировала поездку так же тщательно, как организовывала свою бумажную работу в офисе. Обшарила весь Интернет в поисках лучших достопримечательностей, изучила TripAdviser на предмет самых приличных бюджетных отелей, перепроверив каждый из них в «Гугле» и сведя результаты в таблицу.

Она остановилась на отеле возле улицы Риволи — «чистом, гостеприимном, очень романтичном», — забронировала номер на две ночи. Она уже представляла, как они с Питом будут лежать обнявшись на широкой кровати французского отеля и смотреть в окно на Эйфелеву башню, как будут держаться за руки, сидя за кофе и круассанами в уличном кафе. Она ориентировалась исключительно по картинкам, поскольку смутно представляла, что делают во время уик-эндов в Париже, если не считать самого очевидного.

За свои двадцать шесть лет Нелл Симмонс еще ни разу не ездила на уик-энд с бойфрендом, кроме тех случаев, когда она занималась скалолазанием с Эндрю Динсмором. Они тогда спали в его «миникупе-рс», и она просыпалась настолько продрогшей, что потом часов шесть не могла повернуть голову.

Мамаша Нелл обожала говорить всякому, кто был готов ее слушать, что Нелл не принадлежит к авантюрному типу. И что она не любительница путешествий, что она не та девушка, которая может рассчитывать на свою внешность, и, наконец, что она еще совсем неопытная девица.

В том-то и дело, что, когда растешь в маленьком городке, каждый встречный и поперечный считает, будто знает о тебе все. Нелл была особой чувствительной. И очень тихой. Словом, той, что не совершит необдуманных поступков, той, что можно доверить поливать цветы и присматривать за детьми, той, что наверняка не сбежит с чужим мужем.

Нет, мама, думала Нелл, распечатывая билеты и вкладывая их в папку с важной информацией, на самом деле я отношусь к тому типу девушек, которые едут в Париж на уик-энд.

И по мере приближения великого дня она стала все чаще упоминать его в разговорах.

— Надо проверить, не просрочен ли мой паспорт, — сказала она матери после воскресного ланча.

Нелл купила новое белье, побрила ноги, покрыла ногти на ногах ярко-красным лаком (обычно она пользовалась бесцветным).

— Не забудьте, что в пятницу я уйду пораньше, — сказала она на работе. — Уезжаю в Париж.

— Ох, какая же ты счастливая! — хором пропели девушки из расчетного отдела.

— Я тебе завидую, — сказала Триш, которой Пит тоже не нравился, но все-таки не так, как остальным.

Нелл садится в вагон и укладывает чемодан, невольно спрашивая себя, стала бы завидовать ей Триш, если бы видела ее прямо сейчас: девушку, место рядом с которой пустует и которая направляется в Париж, не имея ни малейшего понятия, объявится ее бойфренд или нет.

Глава 2

На вокзале в Париже вовсю кипит жизнь. Нелл выходит из ворот с платформы и столбенеет, оказавшись в гуще пихающихся и толкающихся людей. Она чувствует себя потерянной среди всех этих застекленных киосков и эскалаторов, похоже ведущих в никуда.

Из громкоговорителя звучит мелодичный сигнал из трех нот, а затем — непонятное объявление на французском. Пассажиры целеустремленно идут вперед, словно точно знают куда. Снаружи совсем темно, и Нелл начинает паниковать. *Я в незнакомом городе и даже не знаю языка*. А затем она видит табличку «Такси».

Очередь человек на пятьдесят, не меньше, но Нелл все равно. Она шарит в сумке в поисках распечатки бронирования отеля и, оказавшись наконец в начале очереди, вытаскивает ее.

— Отель «Бон виль», — говорит она. — Э-э-э... s'il vous plaît.

Водитель оборачивается, словно не может понять, чего она от него хочет.

— Отель «Бон виль», — повторяет она, пытаясь звучать по-французски. — «Бон виль».

Он смотрит непонимающими глазами и забирает у нее распечатку. Внимательно изучает.

— А! Отель «Бон виль», — произносит он, закатывая глаза.

Водитель отдает ей распечатку, и машина вливается в плотный поток транспорта. Нелл откидывается на спинку сиденья и облегченно вздыхает.

Добро пожаловать в Париж.

Поездка занимает двадцать долгих дорогостоящих минут. Движение перегруженное. Она смотрит в окно на оживленные улицы, на бесконечные салоны красоты, едва слышно повторяя французские названия на уличных указателях. Элегантные серые здания тянутся к небу, витрины кофеен уютно светятся в ночи. Париж, думает она, и у нее появляется предчувствие, что все будет хорошо. Пит приедет чуть позже. Она подождет его в отеле, и завтра они оба будут смеяться над тем, как она трусила путешествовать в одиночку. Он всегда говорил, что у нее слишком тревожная психика.

«Расслабься, детка», — непременно сказал бы он. Пит вообще никогда ни из-за чего не дергался. Он объездил весь мир. Когда его держали под дулом пистолета в Лаосе, говорил он, то чувствовал разве что легкую дрожь. «Не было смысла паниковать. Меня или пристрелили бы, или нет. Тут уж ничего не поделаешь, — сказал он и, кивнув, добавил: — Кончилось тем, что мы с теми солдатами пошли выпить пивка».

А еще как-то раз он плыл в Кении на маленьком пароме, и тот перевернулся. «Мы просто сняли автомобильные покрышки с бортов и держались, пока не подоспела помощь. Я даже особо не нервничал. Правда, потом мне сказали, что в реке водятся крокодилы».

Она иногда удивлялась, почему Пит, с его загорелым лицом и богатым жизненным опытом, выбрал именно ее. Она не была ни яркой, ни отвязной. Однажды он ей сказал, что она ему понравилась, так как вообще не напрягала его. «Другие девчонки только и делают, что жужжат тебе в ухо. — Он ущипнул себя за ухо. — А с тобой... расслабляешься».

Иногда Нелл казалось, что в его устах это звучит так, будто речь идет об удобном диване, но она предпочитала не задавать лишних вопросов.

Париж.

Она опускает стекло, вбирая в себя звуки шумных улиц, запах духов, кофе и сигаретного дыма. Все именно так, как она себе представляла. Дома высокие, с вытянутыми окнами и маленькими балкончиками — никаких тебе типовых офисных зданий. Практически на каждом углу — кафе с круглыми столиками и стульями прямо на тротуаре. И чем ближе к центру, тем элегантнее выглядят женщины и тем чаще люди, встречая знакомых, обмениваются поцелуями.

Я действительно в Париже, думает она. И неожиданно даже радуется тому, что у нее есть парочка часов привести себя в порядок к приезду Пита. Впервые в жизни она решительно не желает быть наивной простушкой.

Я стану настоящей парижанкой, думает она, снова откидываясь на спинку сиденья.

Отель расположен на узкой улочке неподалеку от главной дороги. Она отсчитывает сумму в евро согласно показаниям счетчика, однако шофер, вместо того чтобы взять деньги, ведет себя так, будто она плюнула ему в душу, и показывает на ее чемодан в багажнике.

— Простите. Я вас не понимаю, — говорит она и после небольшой заминки сует ему еще десять евро.

Он берет деньги, качает головой, ставит чемодан на тротуар. Она провожает отъезжающую машину глазами, и ей кажется, будто ее ограбили.

Однако отель действительно смотрится весьма симпатично. Нет, она не станет ни из-за чего расстраиваться. Она входит внутрь и оказывается в узком холле. И сразу начинает гадать, что скажет Пит. «Неплохо, — кивнет он. — Очень даже неплохо, детка».

— Здравствуйте. — Она немного нервничает, потому что совсем плохо говорит по-французски. — У меня забронирован номер.

У нее за спиной появляется еще одна вновь прибывшая женщина. Пыхтя и отдуваясь, она шарит в сумке в поисках нужной бумажки.

— Ага. У меня тоже забронирован номер. — Она шлепает свою бумагу на стойку рядом с распечаткой Нелл. Та отодвигается, стараясь не обращать внимания, что на нее напирают сзади. — Уф! Это кошмар как я сюда добиралась. Кошмарный ужас! — Явно американка. — А движение просто адское.

Администраторша отеля — женщина лет сорока с короткими, стильно подстриженными черными волосами. Она поднимает глаза на новых гостей отеля и слегка хмурится:

— У вас обеих забронированы номера? — Она внимательно изучает распечатки, затем пододвигает каждую к ее владелице. — Но у меня остался только один номер. Отель переполнен.

— Это невозможно. Вы подтвердили бронирование. — Американка придвигает свою бумажку поближе к администраторше. — Я забронировала номер на прошлой неделе.

— Я тоже, — говорит Нелл. — Я забронировала номер две недели назад. Послушайте, у меня в распечатке все видно.

Они с американкой таращатся друг на друга, поскольку понимают, что стали конкурентками.

— Мне очень жаль. Ума не приложу, откуда у вас подтверждения бронирования. У нас только один номер. — Администраторша говорит это таким тоном, словно они сами виноваты.

— Ну, тогда вам придется найти нам еще один номер. Вы должны соблюдать обязательства. Вот смотрите. Тут черным по белому написано. Я свои права знаю.

Француженка приподнимает идеально выщипанные брови:

— Мадам. Я не могу дать вам того, чего у меня нет. У нас имеется только один номер с двумя кроватями рядом или с двуспальной кроватью, в зависимости от того, что вас больше устраивает. Я могу кому-то из вас вернуть деньги, но у меня при всем желании нет двух свободных номеров.

— Но я не могу переехать в другой отель. Я здесь кое с кем должна встретиться, — заявляет Нелл. — И он не будет знать, где меня искать.

— А я с места не сдвинусь. — Американка складывает руки на груди. — Я только что пролетела на самолете шесть тысяч миль, и мне надо идти на торжественный обед. У меня нет времени подыскивать себе что-нибудь другое.

— Тогда вы можете поселиться в одном номере. Могу предложить каждой из вас пятидесятипроцентную скидку и попросить горничную организовать две отдельные кровати.

— В одном номере с посторонним человеком?! Вы, наверное, надо мной издеваетесь! — фыркает американка.

— Тогда советую вам поискать себе другой отель, — ледяным тоном парирует администраторша и отворачивается, чтобы ответить на телефонный звонок.

Нелл и американка сверлят друг друга глазами. Затем американка говорит:

— Я только что прилетела из Чикаго.

На что Нелл отвечает:

— А я никогда раньше не была в Париже. И понятия не имею, где искать другой отель.

Обе стоят как вкопанные, даже не думая двинуться с места. Наконец Нелл умоляюще говорит:

— Послушайте, по идее, я должна встретиться здесь со своим парнем. Давайте отнесем наши вещи в номер, а когда он появится, я попрошу его подыскать нам другой отель. Он знает Париж гораздо лучше меня.

Американка пристально осматривает Нелл с головы до ног, словно пытаясь понять, можно ли ей доверять.

— Я не собираюсь делить номер с вами двумя.

Нелл выдерживает ее взгляд.

— Хотите верьте, хотите нет, но я тоже несколько иначе представляла себе веселый уик-энд.

— Похоже, выбирать не приходится, — соглашается американка. — Нет, ну надо же было такому случиться!

Они сообщают администраторше о своей договоренности. После чего американка заявляет:

— Но когда эта дама уедет, я по-прежнему буду настаивать на пятидесятипроцентной скидке. Это просто стыд и позор! Там, откуда я приехала, вы с таким сервисом так дешево не отделались бы.

Чувствуя, с одной стороны, равнодушие француженки, а с другой — неприязнь американки, Нелл окончательно тушуется. Еще никогда в жизни она не оказывалась в столь дурацкой ситуации. Она пытается представить, как на ее месте поступил бы Пит. Он наверняка рассмеялся бы, приняв это как должное. Способность смеяться над жизнью была одной из его черт, которая ее особенно привлекала. Очень хорошо, уговаривает она себя. Позже у них будет отличный повод для шуток.

Женщины берут ключ и поднимаются в тесном лифте на третий этаж. Нелл идет позади. Они оказываются в мансардном номере с двумя кроватями.

— Ох! — вздыхает американка. — Номер без ванны. Терпеть этого не могу. И такой крошечный!

Нелл ставит чемодан и посылает Питу эсэмэску, чтобы рассказать о проблеме и спросить, сможет ли он найти другой отель.

Жду тебя здесь. Сообщи, успеешь ли ты к ужину. Я страшно голодная.

Уже восемь вечера.

Он не отвечает. А что, если он сейчас как раз в туннеле под Ла-Маншем? Если так, то ему осталось полтора часа пути. Она молча смотрит, как американка, тяжело дыша, открывает на кровати чемодан и вешает одежду на плечики, занимая весь шкаф.

— Вы здесь по делам? — спрашивает Нелл, когда тишина становится совершенно невыносимой.

— Две встречи. Одна сегодня вечером, а затем — выходной. В этом месяце у меня вообще не было выходных. — Американка говорит таким тоном, будто в этом виновата Нелл. — А завтра мне надо быть на другом конце Парижа. Ладно. Мне уже пора идти. Хочешь не хочешь, но придется поверить, что вы не станете трогать мои вещи.

Нелл возмущенно смотрит на нее:

— Да не собираюсь я трогать ваши вещи!

— Ой, я вовсе не хотела вас обидеть. Просто я не привыкла делить номер с совершенно незнакомыми людьми. Когда приедет ваш парень, я бы попросила вас оставить свой ключ внизу.

Нелл старается не показывать злости.

— Я так и сделаю. — Она берет журнал, делая вид, будто читает, правда, только до тех пор, пока не видит боковым зрением, что американка выходит из номера.

Именно в этот момент начинает гудеть ее телефон. Нелл торопливо его хватает.

Прости, детка. Никак не получается приехать. Желаю хорошо повеселиться.

Глава 3

Фабьен, сидя на крыше, натягивает шерстяную шапку до самых бровей и закуривает очередную сигарету. Он всегда курил именно здесь, если имелась хоть какая-нибудь вероятность, что Сандрин неожиданно вернется. Она терпеть не могла запах табачного дыма и, когда он курил дома, морщила нос и говорила, что в его квартире-студии жутко воняет.

Выступ крыши с виду узкий, но вполне достаточный для того, чтобы здесь поместились высокий мужчина, кружка кофе и 332-страничная рукопись. Летом он иногда здесь кемарит или машет рукой подросткам-близнецам в доме через площадь. Они тоже выходят посидеть на плоскую крышу — послушать музыку и курнуть подальше от родительских глаз.

В центре Парижа полно таких мест. Тем, у кого нет садика или крошечного балкончика, приходится устраиваться кто как может.

Фабьен берет карандаш и начинает вычеркивать слова. Он уже шесть месяцев редактирует рукопись, и теперь рукописные строчки пестрят карандашной правкой. И сколько бы он ни читал свой роман, каждый раз вылезают новые огрехи.

Герои ходульные, голоса фальшивые. Его друг Филипп говорит, что ему надо сдвинуться с мертвой точки, напечатать рукопись и отдать агенту, который в этом заинтересован. Но всякий раз, как Фабьен смотрит на свою книгу, у него находится очередная причина, чтобы ее не показывать.

Она еще не готова.

Если верить Сандрин, он не желает отдавать книгу, потому что, пока он этого не сделал, у него остается возможность убедить себя, будто есть хоть какая-то надежда. Впрочем, это еще цветочки на фоне тех гадостей, что говорила ему Сандрин.

Фабьен смотрит на часы. У него остался только час до начала смены. А затем слышит, как звонит мобильник. Черт! Мобильник в квартире. Он отчаянно костерит себя за то, что перед выходом на крышу забыл сунуть телефон в карман. Потом ставит кружку на ворох страниц, чтобы не разлетелись, и поворачивается, собираясь вернуться через окно.

Впоследствии сколько он ни пытался, но так и не смог точно восстановить ход событий. Его правая нога скользит по доске, по которой он обычно забирается в квартиру, и весь упор приходится на левую ногу, именно так он пытается удержаться. И вот эта-то злополучная нога — его здоровенная, неуклюжая лапа, как любила выражаться Сандрин, — сбрасывает кружку и рукопись с выступа. Фабьен поворачивается и видит, как кружка летит вниз и разбивается о булыжную мостовую, а все 332 белые странички улетают в сумрачные небеса.

И он смотрит, как, подхваченные ветром, страницы эти, словно белые голуби, парят над парижскими улицами.

Глава 4

Нелл уже почти час лежит на кровати, не в состоянии выработать план действий. Пит не едет в Париж. Определенно не едет. То есть она приехала в столицу Франции, с новым бельем и красным лаком на ногах, а Пит ее просто-напросто кинул.

Первые десять минут она тупо смотрела на эсэмэску, с этим его жизнерадостным «желаю хорошо повеселиться», и ждала продолжения. Но нет, он действительно не собирался ехать.

Она лежит на кровати с телефоном в руке и глядит в стенку. Она понимает, что в глубине душе всегда знала, что рано или поздно это должно было случиться. Она всматривается в экран, зажигает и гасит его, желая убедиться, что это не дурной сон.

Но она знает. И должно быть, знала еще накануне вечером, когда он перестал отвечать на ее звонки. А возможно, еще на прошлой неделе, когда на все ее предложения, как провести время в Париже, он отвечал: «Угу, типа того» или «Ну я не знаю».

И дело было даже не в том, что Пит оказался не самым надежным бойфрендом — он частенько исчезал, не ставя ее в известность, куда собирается. И если уж быть до конца откровенной, в Париж он ее не приглашал.

Они как-то говорили о местах, которые повидали, и она призналась, что никогда не бывала в Париже, а он в ответ лишь невнятно сказал: «Да неужели? О, Париж потрясающий. Тебе бы понравилось».

Это, наверное, был первый по-настоящему импульсивный поступок в ее жизни. Два дня спустя она уже изучала сайты, и ей удалось найти специальное предложение «Евростар». Ее палец завис над словом «заказать» на экране компьютера, и, даже не успев толком сообразить, что к чему, она заказала два билета туда и обратно. Она вручила ему билеты, зардевшись от смущения и отчасти от удовольствия, буквально на следующий вечер, когда они пришли к нему домой.

— Что ты сделала? — Он был под приличным градусом, вспомнила она уже сейчас, и удивленно моргал, словно не веря своим глазам. — Ты купила мне билет в Париж?

— Нам, — уточнила она, когда он принялся расстегивать пуговицы на ее платье. — Уик-энд в Париже. Я подумала, что это будет... весело.

— Ты купила мне билет в Париж! — Он тряхнул головой, волосы упали ему на лицо, закрыв один глаз. А затем сказал: — Конечно, детка. Почему бы и нет? Чудненько.

Она не помнит, добавил ли он что-то еще, так как они сразу рухнули на кровать.

А теперь ей придется ехать обратно на вокзал, потом — в Англию и говорить Магде, Триш и Сью, что они были правы. Что Пит именно тот, кем они его считали. Что она была дурой и выкинула деньги на ветер. Зазря испортила их традиционную поездку в Брайтон.

Она крепко зажмуривает глаза, чтобы не заплакать, и принимает сидячее положение. Смотрит на свой чемодан. Прикидывает, как найти такси и можно ли поменять билет. А вдруг она приедет на вокзал, а ее откажутся посадить на поезд? А что, если попросить администраторшу там, внизу, позвонить в «Евростар»? Но Нелл пугает ее ледяной взгляд. В общем, Нелл не знает, что делать.

Ее телефон снова гудит. Она судорожно хватает его, чувствуя, как сильно бьется сердце. Он все-таки приезжает! Все будет хорошо! Но это от Магды.

Развлекаешься, развратная кобыла?

Нелл растерянно моргает, ее вдруг одолевает невыносимая тоска по дому. Ей хочется сейчас быть там, в номере Магды, где на раковине стоит пластиковый стаканчик дешевой шипучки, а они борются за место перед зеркалом, чтобы сделать боевую раскраску. Сейчас они наверняка готовятся, из чемоданов на ковер вываливаются новые шмотки, музыка вовсю орет, вызывая нарекания соседей.

И она вдруг чувствует себя невероятно одинокой.

Все здорово, спасибо. Развлекаюсь!

Она медленно набирает сообщение и нажимает на кнопку «отправить», прислушиваясь к едва уловимому свисту, свидетельствующему о том, что ее послание пересекло Ла-Манш. А затем отключает телефон, чтобы не пришлось больше лгать.

Нелл изучает расписание «Евростар», достает из сумки записную книжку и пишет все имеющиеся у нее варианты. Сейчас без четверти девять. Даже если она успеет вернуться на вокзал, ей вряд ли удастся сесть на поезд, который прибудет в Лондон не слишком поздно, чтобы она смогла добраться домой. Нет, придется остаться здесь на ночь.

В безжалостном свете бра над зеркалом в ванной комнате она выглядит уставшей и измученной. Именно так, как должна выглядеть девушка, проделавшая весь длинный путь до Парижа лишь для того, чтобы оказаться брошенной своим парнем. Она кладет руки на раковину, горестно вздыхает и пытается собраться с мыслями.

В первую очередь надо поесть, потом немного поспать, и тогда ей сразу полегчает. А завтра на утреннем поезде она вернется домой. Это, конечно, совсем не то, о чем она мечтала, но хоть какой-то план, а Нелл всегда чувствовала себя лучше, когда у нее был план.

Она запирает дверь в номер и спускается вниз. Причем старается держаться спокойно и уверенно, совсем как женщина, которой не привыкать быть одной в незнакомом городе.

— Не могли бы вы подсказать мне какое-нибудь уютное местечко, где можно было бы перекусить? — спрашивает она администраторшу.

Администраторша поднимает на нее глаза:

— Вам нужен ресторан?

— Или кафе. Что угодно. Куда можно дойти пешком. Ой, и... э-э-э... если вернется та американская дама, не могли бы вы ей сказать, что я остаюсь на ночь?

Француженка приподнимает брови, и Нелл сразу представляет, как та думает: «Значит, твой бойфренд так и не объявился, серенькая английская мышка? Ничего удивительного».

— Тут есть кафе «Бастид», — говорит она, протягивая Нелл маленькую туристическую карту. — Как выйдете, повернете направо, кафе через две улицы отсюда, по левой стороне. Там очень мило. И можно спокойно... — она делает паузу, — поесть в одиночестве.

— Благодарю. — Нелл, пунцовая от смущения, хватает карту, кладет в сумку и быстрым шагом покидает отель.

Кафе переполнено, но Нелл удается найти столик и стул в углу возле запотевшего от духоты окна. Все люди вокруг болтают по-французски. Она чувствует себя неуютно, словно у нее на груди табличка, которая гласит: «ПОЖАЛЕЙТЕ МЕНЯ. МНЕ НЕ С КЕМ ПОУЖИНАТЬ». Она смотрит на доску с меню, мысленно проговаривая слова несколько раз, прежде чем произнести их вслух.

— Bonsoir. — Официант, с бритой головой, в длинном белом переднике, ставит перед ней кувшин с водой. — Qu'est ce...

— Je voudrais le steak frites s'il vous plaît, — поспешно говорит Нелл. Заказанное ею блюдо — бифштекс с картофелем фри — очень дорогое, но это единственное название, которое она может произнести, не чувствуя себя идиоткой.

Официант коротко кивает и рассеянно оглядывается, словно его что-то отвлекло.

— Бифштекс? А что мадмуазель будет пить? — спрашивает он на безупречном английском. — Немного вина?

Она собиралась заказать кока-колу. Однако едва слышно произносит:

— Да.

— Bon, — говорит официант.

Через минуту он приносит корзиночку с хлебом и кувшинчик вина и ставит перед ней так, словно это совершенно нормально, что женщина в пятницу вечером ужинает в гордом одиночестве.

Нелл, пожалуй, не может припомнить, чтобы она когда-либо встречала одинокую женщину в ресторане, если, конечно, не считать того раза, когда ездила за покупками в Корби и действительно видела в кафе возле дамской комнаты какую-то женщину с книгой в руках, которая вместо основного блюда заказала два десерта. Там, где живет Нелл, девушки идут ужинать целой компанией и едят в основном карри, но прежде целый вечер пьют. Дамы постарше ходят одни поиграть в бинго или на семейное торжество. Но женщины никогда не ужинают одни в ресторане.

Она кладет в рот кусочек хрустящего французского хлеба и, оглядевшись по сторонам, обнаруживает, что тут есть одиночки и кроме нее. За столиком с другой стороны окна сидит какая-то женщина, перед ней кувшин с красным вином; лениво покуривая, она смотрит на проходящих мимо парижан. В углу одинокий мужчина читает газету и одновременно набивает рот чем-то, что лежит у него на тарелке. Еще одна женщина, длинные волосы, явная нехватка зубов, высокий воротник-стойка, болтает с официантом. И никто не обращает на них никакого внимания. Нелл чуть-чуть расслабляется и развязывает шарф.

Вино хорошее. Она делает глоток и чувствует, как напряжение трудного дня начинает понемногу исчезать. Тогда она делает еще один глоток. А вот и бифштекс — дымящийся, с поджаристой коричневой корочкой. Но когда она его разрезает, оказывается, что мясо с кровью. Она подумывает о том, чтобы отослать бифштекс назад, но ей неохота поднимать шум, тем более с ее знанием французского.

Да и вообще, на вкус очень даже неплохо. Картофель — хрустящий, золотистый, горячий, а зеленый салат — просто восхитительный. Она съедает все до последней крошки, удивляясь своему аппетиту. Подошедший к ней официант улыбается при виде ее довольной физиономии:

— Ну как, вкусно?

— Изумительно! — отвечает она. — Спасибо... хм... merci.

Он кивает и доливает ее бокал. Она тянется за бокалом, каким-то образом умудряясь опрокинуть красное вино на белый передник и туфли официанта, на которых тут же начинают расплываться багровые пятна.

— Ой, ради бога, простите! — Она в ужасе прикрывает руками рот.

Он устало вздыхает и вытирает вино.

— Бывает. Пустяки. — Он награждает ее рассеянной улыбкой и исчезает.

С пылающим лицом Нелл достает из сумки записную книжку, чтобы хоть чем-то заняться. Поспешно перелистывает страницы со списком парижских достопримечательностей и сидит, уставившись на белую бумагу до тех пор, пока не убеждается, что на нее никто не смотрит.

Живи секундой, пишет она на чистой странице и дважды подчеркивает написанное. Когда-то она видела такое в журнале. *И старайся ничего не разливать.*

Она смотрит на часы. Без четверти десять. Еще примерно 39 600 секунд — и она сможет сесть в поезд, постаравшись навсегда забыть об этом уик-энде.

Когда Нелл возвращается в отель, за стойкой все та же администраторша. Ну конечно, а как же иначе. Она кладет перед Нелл ключ от номера.

— Другая дама еще не пришла, — говорит она, произнося слово «другая» как «дгугая». — Если она вернется до конца моей смены, я передам ей, что вы в номере.

Нелл бормочет невнятное «спасибо» и поднимается наверх.

Она включает воду и встает по душ, стараясь смыть с себя разочарования сегодняшнего дня. В половине одиннадцатого она ложится в постель и берет с прикроватного столика какой-то французский журнал. Слов она не понимает, но она не захватила с собой книги. Поскольку отнюдь не рассчитывала проводить время за чтением.

Наконец в одиннадцать она гасит свет и лежит в темноте, прислушиваясь к рычанью мчащихся по узеньким улочкам мопедов и к беспечной болтовне счастливых французов, возвращающихся домой. Она чувствует себя чужой на этом празднике жизни.

На глаза наворачиваются слезы, и ей ужасно хочется позвонить девчонкам и рассказать им о том, что случилось. Но она пока не готова выслушивать слова сочувствия. Она не позволяет себе думать о Пите и о том, что ее продинамили. И старается не представлять себе мамино лицо, когда та узнает правду о романтическом уик-энде в Париже.

А затем дверь открывается. И загорается свет.

— Поверить не могу. — Посреди номера стоит американка, лицо раскраснелось от алкоголя, на плечи накинут большой фиолетовый шарф. — Я надеялась, что вы уедете.

— Я тоже, — отвечает Нелл, натягивая одеяло на голову. — Потушите, пожалуйста, свет, если вас, конечно, не затруднит.

— Меня никто не предупредил, что вы все еще здесь.

— И тем не менее это так.

Нелл слышит, как на стол плюхается сумка, как дребезжат вешалки в шкафу.

— Мне как-то некомфортно ночевать в одном номере вместе с посторонним человеком.

— Уж можете мне поверить, если бы у меня был выбор, я тоже никогда не стала бы ночевать вместе с вами.

Нелл лежит, накрывшись с головой, а женщина тем временем продолжает суетиться и непрерывно хлопает дверью ванной. Через тонкую стенку Нелл слышит, как та чистит зубы, полощет рот, спускает воду в унитазе. И пытается представить, что она, Нелл, находится совсем в другом месте. Быть может, в Брайтоне, с одной из подруг, и прямо сейчас, пьяно пошатываясь, ложится в постель.

— Должна вам сказать, что я страшно недовольна, — говорит американка.

— Тогда отправляйтесь спать в другое место, — парирует Нелл. — Потому что у меня не меньше прав на этот номер, чем у вас. А может, и больше, если сравнить даты бронирования.

— Не вижу причин, чтобы так раздражаться, — обижается американка.

— Ну а я не вижу причин, чтобы заставлять меня чувствовать себя еще хуже, чем есть, черт побери!

— Милочка, я не виновата, что ваш дружок не приехал.

— А я не виновата, что в отеле нам зарезервировали один номер на двоих.

В комнате повисает напряженная тишина. Нелл втайне надеется, что американка скажет что-нибудь более дружелюбное. Глупо воевать между собой в столь тесном пространстве, тем более двум женщинам. Ведь мы в одной лодке, думает Нелл. И пытается найти хоть какие-то слова примирения.

И тут громкий голос американки разрезает темноту:

— К вашему сведению, я положила все ценные вещи в сейф. И я обучалась приемам самообороны.

— А меня зовут королева Елизавета Вторая, — бормочет Нелл.

Она возводит глаза к небесам и ждет, когда щелчок выключателя подскажет ей, что соседка наконец погасила свет.

Несмотря на усталость и подавленное состояние духа, Нелл не может уснуть. Она пытается расслабиться и навести порядок в голове, но около полуночи внутренний голос ей говорит: *Нет. Спокойный сон — это не про вас, девушка.*

Ее мозг безостановочно работает, напоминая стиральную машину, извлекающую черные мысли на поверхность, совсем как грязное белье. Может, она проявила излишнюю горячность? Может, ей не хватило хладнокровия? Может, дело в слишком длинном списке парижских музеев, со всеми «за» и «против» (продолжительность их пребывания в Париже по отношению ко времени стояния в очередях)?

Может, она слишком надоедливая и поэтому ни один нормальный мужчина не сможет ее полюбить?

А ночь все тянется и тянется. Нелл лежит в темноте, пытаясь не обращать внимания на доносящийся с соседней кровати зычный храп. Она потягивается, зевает, ворочается с боку на бок. Пытается глубоко дышать, полностью расслаблять тело, представлять, будто запирает черные мысли в ящик и выбрасывает ключ.

Свет фонарей отражается от поверхности крыш. Мелкий дождик неслышно капает на тротуар. Какая-то парочка медленно идет в обнимку домой, о чем-то тихонько переговариваясь.

А ведь как все было хорошо задумано! — горестно размышляет Нелл.

Соседка храпит все громче. Издает такие звуки, будто ее душат. Нелл нашаривает в чемодане беруши (она специально купила две пары, на всякий случай) и залезает обратно в постель. Я буду дома уже через восемь часов, думает она, и на этой успокоительной ноте наконец погружается в сон.

Глава 5

Фабьен сидит в кафе возле раздаточного окна, смотрит, как Эмиль отдраивает огромные стальные противни, и с унылым видом прихлебывает кофе из большой кружки. На часах двенадцать сорок пять.

— Ты напишешь другую. Еще лучше, чем эта, — говорит Эмиль.

— Я вложил всю душу в эту книгу. И вот ее нет.

— Да ладно тебе! Ты считаешь себя писателем. Значит, мыслей у тебя должно быть больше, чем на одну книгу. Так как в противном случае ты будешь вечно голодным писателем. И может, в следующий раз воспользуешься компьютером, а? Тогда ты просто сможешь распечатать еще один экземпляр.

Фабьену удалось подобрать сто восемьдесят три страницы из трехсот с хвостиком, которые унесло ветром. Часть страниц оказалась заляпана грязью, забрызгана водой, с отпечатками подошв. Но часть бесследно исчезла в парижской ночи. Когда он обходил улицы вокруг дома, то видел отдельные страницы, реющие в воздухе или мокнущие в сточной канаве под равнодушными взглядами прохожих. Смотреть, как самые сокровенные мысли валяются у всех на виду, было для него равносильно тому, чтобы в голом виде появиться на людях.

— Эмиль, я такой дурак. Ведь Сандрин постоянно твердила мне, чтобы я не брал рукопись на крышу...

— Ой нет! Только давай не будем о Сандрин. Пожалуйста! — Эмиль выливает из раковины жирную воду и наливает свежую. — Если ты опять заведешь свою шарманку о Сандрин, то я тогда глотну бренди. На трезвую голову мне этого не вынести.

— Что мне теперь прикажешь делать?

— То, что тебе велит твой герой, писатель Сэмюэл Беккет: «Попробуй снова. Провались снова. Провались лучше». — Эмиль поднимает на Фабьена глаза, его шоколадная кожа блестит от пота и пара. — И сейчас я говорю не только о твоей рукописи. Тебе необходимо снова начать выходить.

Знакомиться с женщинами. Немножко выпить, немножко потанцевать... Найти материал для следующей книги!

— У меня что-то нет настроения.

— Тогда сделай так, чтобы оно было! — Эмиль как раскаленный радиатор, рядом с ним всегда становится теплее. — По крайней мере, у тебя наконец появилась причина вылезти из квартиры. Попробуй хоть немного пожить полной жизнью! Подумай о чем-нибудь другом. — Он заканчивает мыть последний противень. Складывает его вместе с остальными и перебрасывает через плечо посудное полотенце. — Ладно. У Оливье завтра ночная смена, так? Значит, остаемся только мы с тобой. Сходим выпить пивка. Что скажешь?

— Ну, я не знаю...

— А какие еще у тебя есть варианты? Сидеть сиднем в своей крошечной квартирке? Месье Олланд, наш президент, скажет тебе по телику, что в стране нет денег. А твой пустой дом скажет тебе, что у тебя нет женщины.

— Да уж, Эмиль, утешил так утешил! Тоже мне, друг называется!

— Да! Я твой друг! И могу перечислить миллион причин, почему тебе стоит пойти со мной. Ну давай повеселимся немного! Подцепим нехороших женщин. Попадем в каталажку. — (Фабьен допивает кофе, вручает кружку Эмилю, и тот кладет ее в раковину.) — Давай! Тебе надо жить так, чтобы было о чем писать.

— Может быть, — говорит Фабьен. — Я подумаю.

Глава 6

Ее будит стук в дверь. Сперва словно издалека, затем — уже громче, и наконец она слышит голос:

— Уборка номеров.

Уборка номеров.

Нелл рывком садится, моргает, у нее слегка звенит в ушах, и в первую минуту она не понимает, где находится. Удивленно смотрит на незнакомую кровать, на обои на стенах. Откуда-то доносится приглушенное постукивание. Она вынимает беруши. Звук сразу становится оглушающим.

Она подходит к двери, открывает ее, продолжая усиленно тереть глаза:

— Здравствуйте!

Женщина в форме горничной извиняется, делает шаг назад и что-то говорит, должно быть, по-французски.

Но Нелл понятия не имеет, чего та от нее хочет. Она кивает и закрывает дверь.

У нее такое чувство, будто ее переехала машина. Нелл ищет глазами американку, но видит лишь пустую кровать со скомканным покрывалом и распахнутую дверцу шкафа. Тогда Нелл в панике проверяет, где ее чемодан. Но он, слава богу, на месте!

Нелл не рассчитывала, что американка уйдет так рано, но, если честно, даже рада, что ей не надо видеть эту надутую красную физиономию. Теперь можно спокойно помыться и...

Она смотрит на экран телефона. Четверть двенадцатого.

Не может быть!

Она переключает каналы телевизора, пока не находит новостной.

Черт, действительно четверть двенадцатого!

Мгновенно стряхнув с себя остатки сна, она начинает собирать вещи, швырять их в чемодан и поспешно одеваться. Хватает ключ, билеты и бегом спускается вниз. Француженка за стойкой администратора, такая же безупречная, как и вчера. И Нелл сразу жалеет, что не нашла минутку пригладить волосы.

— Доброе утро, мадемуазель.

— Доброе утро. Я хотела узнать, могу ли я... Словом, мне нужно поменять билет на «Евростар».

— Так вы хотите, чтобы я позвонила в «Евростар»?

— Будьте любезны. Мне надо сегодня быть дома. Э-э-э... семейные обстоятельства.

Лицо француженки остается бесстрастным.

— Конечно.

Она берет билет, набирает номер и что-то тараторит по-французски. Нелл машинально проводит рукой по волосам, затем протирает глаза.

— Самое раннее, что они могут предложить, — пять вечера. Это вас устроит?

— А пораньше нельзя?

— Утром у них были места на ранние поезда, но сейчас до пяти все забито.

Нет, ну надо же быть такой идиоткой, чтобы все на свете проспать!

— Отлично!

— И вам придется купить новый билет.

Нелл смотрит на свой билет, который протягивает ей администраторша. Ну да, здесь черным по белому написано: «ВОЗВРАТУ НЕ ПОДЛЕЖИТ».

— Новый билет? И сколько он стоит?

Француженка что-то говорит в телефон, потом прикрывает трубку рукой:

— Сто семьдесят восемь евро. Ну что, вам бронировать?

Сто семьдесят восемь евро. Около ста пятидесяти фунтов.

— Хм... Знаете что? Мне надо кое-что утрясти. — Нелл берет билет, не осмеливаясь посмотреть француженке в лицо. Она чувствует себя ужасно глупо. Ну конечно, дешевый билет возврату не подлежит. — Большое вам спасибо. — Она спешит укрыться в тишине своего номера и не обращает внимания на оклики администраторши.

Нелл сидит на краешке кровати и вполголоса чертыхается. Итак, она может или отдать половину своего недельного заработка, чтобы вернуться домой, или задержаться еще на ночь, чтобы в одиночестве пережить наихудший романтический уик-энд на всем белом свете. Конечно, можно сидеть в этой мансардной комнате наедине с французским телевидением, которого ей не понять. А можно сидеть в кафе, стараясь не смотреть на счастливые пары.

Она решает сварить себе кофе, но в номере нет чайника.

— Боже правый! — громко говорит она. И приходит к выводу, что ненавидит Париж.

И именно в эту секунду Нелл видит на полу под кроватью распечатанный конверт, из которого что-то торчит. Она наклоняется и поднимает конверт. Два билета на выставку художницы, о которой она вроде бы что-то где-то слышала. Нелл переворачивает конверт. Должно быть, конверт уронила та американка. И Нелл машинально кладет билеты в карман. Ладно, она потом решит, что с ними делать. А сейчас надо немного подкраситься, причесаться, а затем непременно выпить кофе.

На улице при дневном свете Париж нравится ей гораздо больше. Она идет по улице, пока не находит с виду симпатичное кафе, и заказывает кофе с круассаном. Ежась от холода, Нелл садится за столик на улице рядом с какими-то людьми, которые тоже пьют кофе.

Кофе отменный, а круассан просто объедение. Она записывает в книжке название кафе на случай, если ей захочется вернуться. Оставляет чаевые и возвращается в отель. «Что ж, у меня бывали завтраки и похуже», — думает она. Какой-то пожилой француз при виде Нелл вежливо притрагивается к шляпе, а маленькая собачка останавливается, чтобы сказать ей «привет». Через дорогу она замечает магазин с сумками в витрине и заглядывает внутрь. Таких красивых сумок она еще в жизни не встречала. А сам магазин будто декорации к кинофильму.

Нелл по-прежнему не может решить, что делать. Она идет нога за ногу и спорит сама с собой, записывая в своей книжке все доводы «за» и «против» того, чтобы взять билеты на пятичасовой поезд. Если она уедет на этом поезде, то сможет успеть на вечерний поезд до Брайтона и устроить девчонкам сюрприз. И таким образом спасти свой уик-энд. Она сможет напиться в хлам, и они будут за ней ухаживать. А иначе зачем тогда нужны подруги?!

Однако при мысли, что придется истратить еще сто пятьдесят фунтов на и так провальный уик-энд, у нее падает сердце. И ей вовсе не хочется, чтобы ее первая поездка в Париж закончилась трусливым бегством.

Ей вовсе не хочется, чтобы Париж ей запомнился как место, где ее бессовестно кинули и откуда она сбежала домой, даже не увидев Эйфелевой башни.

Она все еще находится в раздумье, когда появляется в отеле, поэтому вспоминает о билетах на выставку только тогда, когда лезет в карман за ключом. Она вынимает конверт.

— Простите? — говорит она администраторше. — Вы, случайно, не знаете, где та женщина, с которой нас вчера вместе поселили? Номер сорок два?

Администраторша перелистывает бумажки.

— Она выписалась прямо с утра. Полагаю... семейные обстоятельства. — Ее лицо остается невозмутимым. — В этот уик-энд у многих возникли семейные обстоятельства.

— Она забыла в номере билеты. На художественную выставку. И теперь я не знаю, что с ними делать.

Нелл протягивает билеты администраторше, та их внимательно изучает.

— Она отправилась прямиком в аэропорт... О, насколько я знаю, это очень популярная выставка. Прошлым вечером о ней говорили в новостях. Люди часами стоят в очереди, чтобы туда попасть. — (Нелл снова смотрит на билеты.) — На вашем месте, мадемуазель, я непременно сходила бы. — Администраторша приветливо улыбается. — Если вы, конечно, можете... Если ваши семейные обстоятельства могут подождать.

— Возможно, я так и сделаю, — отвечает Нелл.

— Мадемуазель? — (Нелл оборачивается.) — Мы не возьмем с вас денег за номер, если вы решите остаться. В компенсацию за доставленное неудобство. — На лице француженки появляется извиняющаяся улыбка.

— О, спасибо большое. — Нелл приятно удивлена.

И она решается. Ведь это всего лишь еще одна ночь. Да, она остается.

Глава 7

Сандрин, бывшая девушка Фабьена, всегда говорила ему, что он встает слишком поздно. И вот теперь, оказавшись в конце очереди, отмеченной знаками «Один час до входа на экспозицию», «Два часа до входа на экспозицию», Фабьен укоряет себя за то, что не проснулся в восемь часов, как, собственно, и планировал.

По идее, ему надо было заскочить к отцу, помочь повесить полки. Но когда Фабьен ехал на своем мопеде по набережной, то увидел указатели и остановился. Он жизнерадостно встал в конец очереди сорок пять минут назад, рассчитывая, что она будет двигаться достаточно быстро. Но в результате ему удалось продвинуться лишь на десять футов. День сегодня холодный, небо ясное, и Фабьен чувствует, что начинает замерзать. Он натягивает пониже шапку и нервно ковыряет землю носком ботинка.

Конечно, он мог просто выйти из очереди и встретиться с отцом, как и обещал. Мог вернуться домой и убрать квартиру. Мог заправить бензином мопед и подкачать шины. Мог разобрать бумаги, что не мешало бы сделать еще несколько месяцев назад. Но поскольку, похоже, никто не собирается покидать очередь, он тоже остается.

А вдруг ему тут станет легче? — думает он. Возможно, сегодня он сделает шаг вперед. И он не сдастся, как всегда, в чем вечно упрекала его Сандрин.

И само собой, это никак не связано с тем фактом, что Фрида Кало — любимая художница Сандрин. Он поднимает воротник, представляя, как случайно сталкивается с ней в баре. «О да, — небрежно скажет он. — Я только что был на выставке Диего Риверы и Фриды Кало». А она удивится, а может, даже обрадуется. Возможно, он купит каталог и подарит ей.

Но несмотря на все свои фантазии, он понимает, что это дохлый номер. Сандрин вряд ли появится возле бара, где он работает. После того как они расстались, она обходит бар стороной. Тогда что он здесь делает?

Фабьен поднимает глаза и видит девушку, бредущую в конец длиннющей очереди, синяя шапочка низко надвинута на челку. На лице девушки написана та же растерянность, что и у всех, кто обнаруживает, какой длины очередь.

Девушка в синей шапочке встает за женщиной неподалеку от него. У девушки в руках две полоски бумаги.

— Простите? Вы говорите по-английски? Это очередь на выставку Кало?

Она уже не первая, кто спрашивает. Женщина пожимает плечами и бросает что-то по-испански. Когда до Фабьена доходит, что именно девушка держит в руках, он поворачивается к ней:

— Вам не надо стоять в очереди. — Он показывает на начало очереди. — С билетами — вон туда.

— Ох, — улыбается она. — Какое счастье!

И тут он ее узнает:

— Простите, это не вы, случайно, были вчера вечером в кафе «Бастид»?

Вид у нее слегка ошарашенный. Она машинально прикрывает рот рукой.

— Ой! Официант. Я облила вас вином. Извините.

— De rien, — отвечает он. — Пустяки.

— Но вы все равно извините меня. И... большое спасибо. — Она уже собирается отойти, но поворачивается и смотрит на Фабьена, а потом — на толпу народа вокруг. Явно что-то прикидывая в уме. А затем спрашивает его: — Скажите, вы кого-нибудь ждете?

— Нет.

— Хотите... хотите мой второй билет? У меня два.

— А вам самой разве не нужно?

— Мне их... подарили. Так что второй мне без надобности.

Фабьен таращится на девушку в ожидании дальнейших объяснений, но она больше ничего не говорит. Он протягивает руку и берет билет:

— Спасибо!

— Не стоит благодарности.

Они вместе направляются к маленькой очереди у входа, где проверяют билеты. Он рад неожиданному подарку и не в силах сдержать довольную ухмылку. Она смущенно косится на него и тоже улыбается. Он вдруг замечает, что у нее порозовели уши.

— Итак, — начинает он. — Вы здесь на каникулах?

— Только на уик-энд. Просто... ну вы понимаете... хотелось куда-нибудь съездить.

Он слегка склоняет голову набок:

— Это хорошо. Просто взять и уехать. Очень... — он подыскивает нужное слово, — импульсивно.

Она качает головой:

— А вы каждый день работаете в ресторане?

— В основном. Я хочу стать писателем. — Опускает глаза и поддевает носком камешек. — Но боюсь, что так и останусь официантом.

— О нет! — произносит она неожиданно звонким голосом. — Не сомневаюсь, у вас получится. Ведь на ваших глазах столько всего происходит. Жизнь самых разных людей, я хочу сказать. У вас наверняка полно идей.

Он смущенно пожимает плечами:

— Это просто мечта. Не уверен, что она сбудется.

И вот они уже у входа на выставку. Охранник ведет девушку к стойке, чтобы проверить ее сумку. Она явно смущается, и Фабьен не знает, ждать свою новую знакомую или нет.

Однако она поднимает руку, словно желая попрощаться.

— Еще раз спасибо, — говорит она. — Надеюсь, вам понравится выставка.

Он засовывает руки в карманы и кивает:

— До свидания.

Он даже не знает ее имени. А потом она бежит вниз по ступенькам и исчезает в толпе.

Фабьена еще несколько месяцев назад засосала рутина жизни, и он потерял способность думать о чем-то другом, кроме Сандрин. И любой бар, куда он заходил, непременно навевал ему воспоминания о местах, где они когда-то бывали. А каждая песня, которую он слышал, напоминала ему о форме ее верхней губы, о запахе ее волос. Он словно жил с призраком.

Однако сейчас, в этой картинной галерее, у него в душе что-то происходит. Что-то меняется. Его захватывают картины: огромные яркие полотна Диего Риверы, пронзительные автопортреты Фриды Кало, женщины, которую любил Ривера. Фабьен практически не замечает других посетителей, толпящихся перед картинами.

Он останавливается перед потрясающим полотном, где она изобразила свой позвоночник в виде сломанной колонны. В глазах женщины на портрете такая вселенская тоска, что у Фабьена нет сил отвернуться. Реальная крестная мука, думает он. А не какая-то там хандра после расставания с Сандрин, которая, собственно, только и делала, что его критиковала. И у Фабьена словно камень падает с души.

Он снова и снова останавливается перед картинами, которые уже видел, читает информацию о жизни этой пары, об их страсти к искусству, к борьбе за права рабочих, друг к другу. Фабьену хочется жить, как эти люди. Он должен стать писателем. Должен.

Теперь он преисполнен желанием поскорее отправиться домой и написать нечто свежее, такое же искреннее, как эти картины. Да, больше всего ему сейчас хочется писать. Но что?

А потом он видит ту самую англичанку, перед автопортретом Фриды Кало, изобразившей свой позвоночник в виде сломанной колонны. Широко распахнутые грустные глаза его новой знакомой прикованы к лицу девушки на картине. В правой руке англичанка сжимает синюю шапочку. И он вдруг видит, как по ее щеке катится слеза. Она поднимает левую руку и, по-прежнему не сводя взгляда с картины, вытирает слезу ладонью. Неожиданно она оборачивается, словно почувствовав, что на нее смотрят, и их глаза встречаются. И тогда Фабьен, не успев толком подумать, подходит к ней.

— У меня не было возможности вас спросить, — говорит он, — но, может, вы не откажетесь выпить со мной кофе?

Глава 8

В четыре часа дня в кафе «Ле шеваль блё» яблоку негде упасть, но официантка находит для Фабьена столик внутри. Похоже, он из тех мужчин, которым всегда удается получить хороший столик. Он заказывает маленький черный кофе, и она говорит: «Мне то же самое», поскольку ей не хочется, чтобы он слышал ее жуткое французское произношение.

За столиком возникает неловкая пауза.

— Хорошая выставка, да?

— Обычно я не плачу, глядя на картины, — произносит она. — И теперь чувствую себя ужасно глупо.

— Нет-нет, просто экспозиция берет за душу. Все эти толпы людей, и фотографии, и вообще...

И он начинает рассуждать о выставке, о том, что слышал о работах этой художницы, но даже не подозревал, что ее картины настолько его тронут.

— Я чувствую их здесь, понимаете? — Он тычет себе в грудь. — Это так... мощно.

— Да, — соглашается она.

Как это не похоже на привычную болтовню ее знакомых, которые привыкли обсуждать, в чем Тесса пришла на работу, или сериал «Улица Коронации», или кто отрубился, когда они вусмерть надрались в прошлый уик-энд.

— Думаю... я хочу писать так, как они рисуют. Понимаете, о чем я? Я хочу, чтобы кто-нибудь прочел мою книгу и сказал «блин!» — (Она не может сдержать улыбку.) — Вы находите это смешным? — Он выглядит обиженным.

— Ой нет! Просто вы употребили слово «блин».

— Ну и что?

— У нас в Англии так не говорят. Я просто... — Она качает головой. — Просто очень смешное слово. Блин.

Он смотрит на нее и громко смеется:

— Блин!

И лед сломан. Приносят кофе, она кладет в чашку два кусочка сахару, чтобы не было слишком горько.

Фабьен выпивает кофе в два глотка.

— Итак, как тебе Париж, Нелл из Англии?

— Мне нравится. По крайней мере, то, что я успела посмотреть. Но я пока не видела ни единой достопримечательности. Ни Эйфелеву башню, ни Нотр-Дам, ни того моста, на решетку которого влюбленные вешают замки. И вряд ли теперь успею.

— Ты вернешься. Люди всегда возвращаются. А что ты делаешь сегодня вечером?

— Не знаю. Может, поищу другое симпатичное местечко, чтобы поесть. А может, просто останусь в отеле. Я жутко устала. — Она рассмеялась. — А ты сегодня работаешь в ресторане?

— Нет. Не сегодня.

Она усиленно пытается скрыть разочарование.

Он бросает взгляд на часы:

— Merde! Я обещал помочь отцу. Мне надо идти. — Он поднимает на нее глаза. — Но сегодня вечером я встречаюсь с друзьями. Если хочешь, присоединяйся.

— О, это очень любезно с твоей стороны, но...

— Ты не можешь приехать в Париж и весь вечер проторчать в номере отеля.

— Ничего страшного. Я переживу.

У нее в ушах вдруг звучит голос матери: *Нельзя встречаться с незнакомыми мужчинами.* Он может оказаться кем угодно. И у него бритая голова.

— Нелл, позволь мне угостить тебя выпивкой. Чтобы хотя бы отблагодарить за билет.

— Даже и не знаю...

У него удивительная улыбка. Она колеблется.

— А это далеко?

— Здесь все близко, — смеется он. — Ты в Париже!

— Ладно. Где встречаемся?

— Я за тобой зайду. Где твой отель?

Она дает ему название отеля и спрашивает:

— А куда мы пойдем?

— Туда, куда приведет нас ночь. Ты ведь у нас как-никак Импульсивная Английская Девчонка! — Он салютует ей, рывком заводит мопед и с ревом уносится прочь.

Нелл возвращается к себе в номер, взбудораженная событиями сегодняшнего дня. У нее перед глазами до сих пор стоят картины с выставки, большие руки Фабьена на маленькой чашечке, печальный взгляд той хрупкой художницы со сломанным позвоночником. А еще роскошные сады на берегу и река Сена, величаво текущая внизу. Она слышит шипение открывающихся и закрывающихся дверей вагонов метро. Она чувствует, как внутри все буквально бурлит. Она ощущает себя героиней из книжки.

Она принимает душ и моет голову. Перебирает свои немногочисленные наряды, мучаясь вопросом, достаточно ли они парижские. Ведь женщины здесь такие стильные. И каждая одевается не так, как другие. По крайней мере, не так, как английские девушки.

И тогда она, недолго думая, спускается вниз и бежит в сторону магазинчиков, мимо которых проходила раньше. И останавливается перед витриной. Еще утром она обратила внимание на зеленое платье с узором из ананасов. Это платье напомнило ей о кинозвездах пятидесятых годов. Она делает глубокий вдох и толкает дверь.

Через двадцать минут она уже в номере отеля с пакетом в руках. Вынимает из пакета платье и поспешно надевает. Встает перед зеркалом, любуясь мягкими складками, линией талии, и неожиданно понимает, что за весь день ни разу не вспомнила про Пита. Она в Париже, в платье из парижского магазина и собирается на свидание с незнакомым мужчиной, которого подцепила в картинной галерее!

Она закалывает волосы в свободный низкий узел, подкрашивает губы, садится на кровать и смеется.

Двадцать минут спустя она по-прежнему сидит на кровати и задумчиво смотрит прямо перед собой.

Она в Париже и собирается на свидание с незнакомым мужчиной, которого подцепила в картинной галерее!

Она, наверное, рехнулась.

Это самая большая глупость из всех, которые она вообще когда-либо делала.

Это даже глупее, чем купить дорогущее платье с узором из ананасов.

И даже глупее, чем купить билет в Париж мужчине, имевшему наглость заявить, будто не может решить, на что похоже ее лицо: то ли на лошадиную морду, то ли на булочку с изюмом.

Завтра ее имя появится в новостях на первых полосах газет или, хуже того, в крошечных заметках, настолько незначительных, что им даже не нашлось места на первой полосе.

Девушка найдена убитой в Париже, после того как ее бойфренд не смог к ней присоединиться.

«Я говорила ей, что нельзя встречаться с незнакомыми мужчинами», — заявила ее мать.

Она смотрит на себя в зеркало. Нет, это просто безумие. Что она наделала?

Нелл хватает ключ, влезает в туфли и бежит вниз по узкой лестнице к стойке администратора. Администраторша, как всегда, на месте, и Нелл ждет, когда та закончит говорить по телефону, а затем наклоняется к ней и тихо произносит:

— Если за мной зайдет мужчина, не могли бы вы сказать ему, что я заболела?

Женщина хмурится:

— Значит, это не семейные обстоятельства?

— Нет. У меня... э-э-э... болит живот.

— Болит живот. Мне так жаль, мадемуазель. А как выглядит этот мужчина?

— Очень короткие волосы. Ездит на мопеде. Его определенно еще нет. Я... Высокий такой. Хорошие глаза.

— Хорошие глаза.

— Послушайте, он единственный мужчина, который может обо мне справляться. — (Администраторша кивает, словно ни секунды не сомневается.) — Я... Он пригласил меня куда-нибудь с ним сходить сегодня вечером, и... это не самая удачная идея.

— Выходит... он вам не нравится?

— Ой нет, что вы! Он милый. Просто, ну... я совсем не знаю его.

— Но... как вы сможете его узнать, если отказываетесь пойти с ним на свидание?

— Я не знаю его достаточно хорошо, чтобы пойти с ним в незнакомом городе в незнакомое место. И возможно, с незнакомыми людьми.

— Надо же, как часто повторяется слово «незнакомый»!

— Вот именно.

— Значит, вечер вы проведете у себя в номере?

— Да. Нет. Не знаю. — Нелл топчется возле стойки администратора, понимая, как глупо все это звучит.

Женщина медленно оглядывает ее с головы до ног:

— Очень симпатичное платье.

— О, спасибо большое.

— Какая жалость. Что у вас разболелся живот. Ну да ладно. — Она улыбается и снова возвращается к своим бумагам. — Быть может, в другой раз.

Нелл сидит в номере и смотрит французское телевидение. Какой-то мужчина разговаривает с другим мужчиной. А тот усиленно кивает, отчего все его жирные подбородки непрестанно дрожат. Она то и дело глядит на часы, часовая стрелка медленно подползает к цифре восемь. У нее урчит в животе. Она вспоминает, что Фабьен вроде бы говорил о маленькой фалафельной в еврейском квартале. Интересно, каково это сидеть сзади на мопеде?

Она достает записную книжку, хватает с прикроватного столика шариковую ручку с логотипом отеля. И начинает писать:

ПОЧЕМУ Я ПРАВИЛЬНО СДЕЛАЛА, ЧТО ОСТАЛАСЬ В НОМЕРЕ

1. Он может быть убийцей с топором.
2. Он может захотеть секса.
3. Возможно, 1 и 2.
4. Я могу в конце концов оказаться в той части Парижа, которую вообще не знаю.

5. Возможно, мне придется разговаривать с таксистами.

6. У меня могут возникнуть проблемы с возвращением в отель поздно ночью.

7. У меня дурацкое платье.

8. Мне придется притворяться импульсивной.

9. Мне придется говорить по-французски или есть французскую еду на глазах у французов.

10. Если я рано лягу спать, то встану вовремя и спокойно успею на обратный поезд.

Она сидит, уставившись на свой аккуратно составленный список. А затем пишет на обороте:

1. Я в Париже.

Нелл еще раз смотрит на список. А потом, когда часы показывают восемь вечера, засовывает записную книжку обратно в сумку, хватает пальто и сломя голову бежит вниз по лестнице в холл отеля.

Он уже тут. Стоит, облокотившись на стойку, и болтает с администраторшей.

У Нелл при виде его начинает пылать лицо. Она подходит к ним с отчаянно бьющимся сердцем, пытаясь сообразить, как объяснить свое странное поведение. Что бы она сейчас ни сказала, это будет звучать по-кретински. И сразу станет ясно, что она испугалась с ним встречаться.

— А... это вы, мадемуазель. Я как раз говорила вашему другу, что вы немного задерживаетесь.

— Ну что, ты готова? — Фабьен улыбается.

Нелл что-то не припомнит, чтобы кто-нибудь так радовался встрече с ней, если, конечно, не считать соседского кобеля, обожавшего совершенно неприличным образом тереться о ее ногу.

— Мадемуазель, если вы вернетесь после полуночи, вам понадобится специальный код для входной двери. — Администраторша вручает ей маленькую карточку. — Я так рада, что ваш живот прошел.

— У тебя что, болел живот? — спрашивает Фабьен, протягивая ей запасной шлем.

Парижский вечер холодный и промозглый. Ей еще ни разу в жизни не доводилось ездить на мопеде. Она где-то читала, сколько людей погибает в авариях с мопедами. Но все-таки надевает шлем, Фабьен уже в седле и машет ей рукой, чтобы присоединялась.

— Все в порядке, — отвечает она.

Только, ради бога, не дай нам убиться, думает она.

— Хорошо! Сперва мы пропустим по стаканчику, потом, возможно, поедим, но сперва я покажу тебе Париж, идет?

Она обнимает его за талию, мопед делает рывок и со скрежетом исчезает в темноте.

Глава 9

Фабьен со свистом проносится по улице Риволи, ныряя и выныривая из потока транспорта, чувствуя, как сжимаются руки девушки на его талии всякий раз, когда он прибавляет скорость. Он останавливается на красный свет и спрашивает:

— Ты в порядке? — Из-за шлема его голос звучит глухо.

Она улыбается, кончик носа слегка покраснел.

— Да! — кричит она, и Фабьен не может сдержать улыбку.

Сандрин всегда ездила с непроницаемым лицом, словно пытаясь скрыть, что она думает о его манере вождения. А вот эта англичаночка визжит и хохочет, а иногда, когда он маневрирует особо резко, объезжая неожиданно появившуюся из переулка машину, отчаянно кричит: «Господи боже мой! Господи боже мой!»

Фабьен везет ее по оживленным проспектам, по боковым улочкам, выскакивает на мост, чтобы она могла полюбоваться переливающейся под ним водой. Затем он делает круг и въезжает на другой мост, откуда можно увидеть светящийся в темноте Нотр-Дам с его каменными горгульями, выглядывающими из тени.

А затем, не дав ей перевести дух, везет ее по Елисейским Полям, лавируя между машинами, сигналя неосторожно выскочившим на проезжую часть пешеходам. Затем сбрасывает скорость и поднимает руку вверх, чтобы она посмотрела... Он чувствует, как она чуть-чуть отклоняется назад, когда они проезжают мимо очередных достопримечательностей. Он поднимает вверх большой палец, и она делает то же самое.

Он мчится через мост и сворачивает направо на набережную. Обгоняет автобусы и такси, игнорируя гудки, и наконец оказывается у цели. Останавливается и глушит мотор. По реке, сияя огнями, плывут прогулочные суда, рядом в ларьках торгуют брелками с Эйфелевой башней и сахарной ватой. И вот перед ними предстает она. Эйфелева башня с ее миллионами стальных частей простирается в черное небо.

Нелл ослабляет хватку и осторожно слезает с мопеда, словно за время поездки у нее затекли ноги. Снимает шлем. Фабьен обращает внимание на то, что, в отличие от Сандрин, она даже не утруждается поправить прическу. Нелл не до этого. Она смотрит вверх распахнутыми глазами, ее рот от удивления становится похожим на букву «О».

Фабьен тоже стягивает шлем и перегибается через руль.

— Вот! Теперь ты можешь сказать, что осмотрела самые известные достопримечательности Парижа всего за... хм... двадцать две минуты.

Она переводит на него взгляд, ее глаза сияют.

— Черт, это была самая отпадная и, наверное, лучшая вещь в моей жизни! — (Он смеется.) — Это же Эйфелева башня!

— Хочешь подняться наверх? Но нам, наверное, придется выстоять очередь.

Она на секунду задумывается:

— По-моему, на сегодня с нас достаточно очередей. Вот от чего я реально не отказалась бы, так это от выпивки.

— Какой именно?

— Хочу вина! — Она снова садится на мопед. — Хочу много-много вина!

Он заводит мопед и мчится в ночь.

И вот час спустя они пьют в баре. Речь вроде бы шла о том, чтобы поесть, но, похоже, сейчас всем не до еды. Нелл полностью расслабилась в компании Эмиля и Саши, а еще рыжеволосой подружки Эмиля, чье имя Фабьен постоянно забывает. Нелл снимает пальто и смеется, мило встряхивая волосами. Ради нее они переходят на английский, а Эмиль учит ее ругаться по-французски.

— Merde! — говорит он. — Но ты должна при этом делать строгое лицо. Merde!

— Merde! — Она вскидывает руки, совсем как Эмиль, а затем снова заходится в приступе смеха. — Нет, мое произношение никуда не годится!

— Дерьмо.

— Дерьмо, — повторяет она, подражая его низкому голосу. — А вот это я могу.

— Нет, ты ругаешься как-то без души. Мне почему-то всегда казалось, что английские девчонки матерятся как сапожники, разве не так?

— Блин! — говорит она и оглядывается на Фабьена.

И он вдруг замечает, что наблюдает за ней. Да, она не красавица. По крайней мере, не такая красивая, как Сандрин. Но есть в лице его новой знакомой нечто столь притягательное, что невозможно отвести глаза. Ему нравится, как она забавно морщит нос, когда смеется. И то, как при этом ее лицо сразу становится виноватым, словно она делает нечто предосудительное. И то, как она широко улыбается, показывая мелкие белые, совсем детские, зубы.

Их взгляды на секунду встречаются, он видит вопрос в ее глазах, и в воздухе висит невысказанный ответ. Да, Эмиль занятный, говорит ее взгляд, но только мы знаем, что между нами что-то есть. Он отворачивается, чувствуя, как напрягаются мышцы живота. Тогда он встает, подходит к барной стойке и заказывает выпивку на всех.

— Похоже, ты наконец решил двигаться дальше? — спросил бармен Фред.

— Она просто друг. Приехала из Англии.

— Ну как знаешь, — говорит Фред и наполняет стопки. Ему даже не надо спрашивать, что они будут пить. Сегодня же субботний вечер. — Кстати, я ее видел.

— Сандрин?

— Да. Сказала, что сменила работу. Что-то связанное с дизайн-студией.

У Фабьена на секунду болезненно сжимается сердце. Надо же, в жизни Сандрин произошли важные изменения, а он не в курсе!

— Хорошо, — Фред старательно избегает его взгляда, — что ты двигаешься дальше.

По этой его фразе Фабьен понимает, что у Сандрин кто-то есть. *Хорошо, что ты двигаешься дальше.*

И пока он несет напитки к столику, на него вдруг что-то накатывает. Сердце противно ноет, но уже не болит. Ладно, проехали. Пора ее отпустить.

— А я думала, мы будем пить вино. — Нелл делает большие глаза при виде того, что он принес.

— Самое время выпить текилы, — отвечает он. — По маленькой. Просто так, без повода.

— Ведь ты в Париже, и сейчас субботний вечер, — добавляет Эмиль. — Да и вообще, зачем нам повод, чтобы выпить текилы?

Фабьен видит у Нелл на лице тень сомнения. Но она упрямо вздергивает подбородок.

— Тогда вперед! — Она обсасывает дольку лайма, опрокидывает в себя стопку, морщится и крепко зажмуривает глаза. — О боже!

— Вот теперь мы знаем, что сейчас субботний вечер, — заявляет Эмиль. — Давайте веселиться! Ну что, гуляем до утра?

Фабьен не против. Он полон жизни и готов на подвиги. Он хочет до утра смотреть, как смеется Нелл. Хочет поехать в клуб и танцевать с ней, его рука на ее взмокшей спине, ее глаза прикованы к его. Хочет не спать до зари, но на сей раз не из-за бессонницы, выпивать, веселиться и гулять по парижским улицам. Хочет наслаждаться ощущением надежды, которую дает тебе кто-то новый — тот, кто видит в тебе лишь хорошее, а не только плохое.

— Конечно. Если Нелл не против.

— Нелл, — говорит Эмиль. — Интересное имя. Это что, типичное английское имя?

— Самое ужасное имя на свете, — отвечает она. — Мама назвала меня так в честь героини одного из романов Чарльза Диккенса.

— Могло быть и хуже. Тебя могли назвать — как там ее звали? — мисс Хэвишем.

— Мерси Пекснифф.

— Фанни Доррит.

Она хихикает, прикрывая рот рукой:

— Откуда вы все так хорошо знаете Диккенса?

— Мы слишком много читаем. Фабьен вообще только этим и занимается. Просто мрак! Нам приходится чуть ли не силком выволакивать его из дому. — Эмиль поднимает стопку. — Он у нас типа — как вы это называете? — отшельника. Он отшельник. Ума не приложу, как тебе сегодня удалось вытащить его в бар, но я просто счастлив. Salut!

— Salut! — отвечает она, лезет в карман за телефоном и удивленно смотрит на экран.

Вид у нее ошарашенный. Нелл подносит телефон поближе к глазам, точно желая проверить, правильно ли она поняла.

— Все в порядке? — спрашивает Фабьен, заметив, что Нелл как-то странно притихла.

— Все отлично. — Она смущенно теребит конец шарфа. — Если честно... нет. Думаю, мне пора уходить. Мне реально жаль.

— Уходить? — удивляется Эмиль. — Нелл, ты не можешь уйти! Вечер еще только начинается!

Нелл явно не по себе.

— Мне... мне действительно очень жаль. Но кое-что... — Она тянется за пальто и сумкой. Поднимается и протискивается мимо Фабьена. Он встает, чтобы ее пропустить. — Мне очень жаль. Кое-что... кое-кто приехал и хочет меня видеть. Я должна...

Он смотрит на нее сверху вниз и сразу все понимает по выражению ее лица.

— У тебя есть бойфренд.

— Вроде того. Да. — Она нервно кусает губу. Фабьен сам от себя не ожидал, что будет настолько разочарован. — И сейчас он неожиданно появился в отеле.

— Тебя отвезти?

— Спасибо, нет. Пожалуй, пойду пешком.

Они подходят к двери.

— Ладно. Дойдешь до церкви, там повернешь налево — и ты на улице, где твой отель.

Она не решается на него посмотреть. Наконец она поднимает глаза:

— Мне на самом деле жаль. Я замечательно провела время. Спасибо.

Он пожимает плечами:

— De rien.

— Пустяки, — переводит она.

Хотя нет, вовсе не пустяки. Он понимает, что не может попросить у нее номер телефона. Не теперь. Он машет рукой. Она бросает на него прощальный взгляд. А потом, будто нехотя, поворачивается и уходит. И вот она уже быстро идет, можно сказать, почти бежит в сторону церкви, ее сумка болтается где-то за спиной.

— Ты говорил, она импульсивная. — Рядом с ним возникает Эмиль. — Но... что случилось? Я что-то не так сказал?

Глава 10

Пит ждет Нелл в холле отеля. Сидит, широко расставив ноги и раскинув руки на спинке дивана, и при виде Нелл даже не думает встать.

— Детка! — (Она каменеет. Смотрит на администраторшу, которая напряженно всматривается в какие-то бумаги.) — Сюрприз!

— Что ты здесь делаешь?

— Я тут подумал, что мы вполне можем превратить уик-энд в Париже в одну ночь в Париже! Это все равно зачтется, верно?

Она стоит как изваяние посреди холла:

— Но ты ведь сообщил, что не приедешь.

— Ты же меня знаешь. Я полон сюрпризов. А отель ничего, вполне себе милый.

У нее такое чувство, будто перед ней незнакомый человек. Волосы слишком длинные, а выцветшие джинсы и замшевые ботинки, которые раньше ей казались крутыми, сейчас кажутся убогими и потрепанными.

Немедленно прекрати! — приказывает она себе. Он проделал такой путь. Он сделал именно то, что ты от него хотела. И это, как ни крути, чего-нибудь да стоит.

— Выглядишь классно. Может, наконец поздороваешься?

Она делает шаг вперед, целует Пита. От него пахнет табаком.

— Прости. Я просто... просто немного растеряна.

— Мне нравится держать тебя в напряжении. Ну что, закинем мое барахлишко и пропустим по маленькой? А можно провести вечер здесь и заказать ужин в номер. Как тебе? — Он ухмыляется и приподнимает бровь.

Нелл косится краем глаза на администраторшу. Та смотрит на него как на мерзкого посетителя, по недоразумению оказавшегося в холле ее отеля.

Он не побрился, думает Нелл. Он даже не удосужился побриться.

— Здесь нет обслуживания номеров. Только завтрак.

Пит пожимает плечами и встает с дивана.

— Кстати, клевое платье. Очень... шикарное.

— Постой-ка. Только один вопрос, — говорит она. — Я просто... я просто хотела узнать, как так получилось, что ты все же приехал. Ты ведь сообщил мне, что у тебя никак не получается выбраться. По крайней мере, именно это было написано в твоей эсэмэске.

— Ну... Мне не хотелось оставлять тебя здесь одну. Я ведь знаю, какая у тебя тревожная психика. Особенно если меняются планы и тому подобное.

— Но ты же оставил меня одну прошлой ночью.

Вид у него смущенный.

— Да. Но понимаешь...

Долгое молчание.

— Понимаешь — что?

Он скребет в голове, улыбается своей неотразимой улыбкой:

— Ладно. Ну, со мной связалась Триш и сказала, что немного беспокоится за тебя.

— Триш тебе звонила?!

— Отправила эсэмэску. Сообщила, что не может до тебя дозвониться и хочет удостовериться, что все в порядке.

Нелл как будто прирастает к полу.

— А что конкретно она написала?

— Да какая разница? Послушай, я здесь. Так давай радоваться этому, хорошо? Да брось, у нас времени осталось только до завтра. И вообще, билет обошелся мне в целое состояние.

Она смотрит на него во все глаза. Он протягивает руку. Она неохотно отдает ему ключ, Пит поворачивается и, повесив на плечо сумку, начинает подниматься по лестнице.

— Мадемуазель... — (Нелл поворачивается как в тумане. Она совсем забыла об администраторше.) — Ваш друг оставил вам сообщение.

— Фабьен? — В голосе Нелл звучит плохо скрытая надежда.

— Нет. Женщина. Когда вы выходили. — Она протягивает Нелл лист бумаги с шапкой отеля.

ПИТ УЖЕ ЕДЕТ. ПРИШЛОСЬ ДАТЬ ЕМУ ХОРОШЕГО ПИНКА ПОД ЗАД. ПРОСТИ, МЫ ПОНЯТИЯ НЕ ИМЕЛИ. НАДЕЮСЬ, УИК-ЭНД ВСЕ ЖЕ УДАСТСЯ. ТРИШ.

Нелл смотрит на послание от Триш, бросает взгляд в сторону лестницы и поворачивается к администраторше. Бумагу она засовывает в карман.

— Не могли бы вы подсказать, где лучше поймать такси? — спрашивает она.

— С удовольствием, — отвечает администраторша.

У Нелл в кармане сорок евро, двадцатку она швыряет таксисту и выскакивает из машины, не заботясь о сдаче.

В баре царит полумрак. Смешение тел и бутылок. Она протискивается вперед, пытаясь отыскать знакомые лица, ей в нос бьет запах пота и духов. Столик, за которым они сидели, теперь занят чужими людьми. Фабьена нигде не видно.

Нелл поднимается наверх, там поспокойнее, люди непринужденно болтают, сидя на диванчиках, но и тут его тоже нет. Она спускается вниз и проталкивается к барной стойке, где им тогда наливали.

— Простите! — Нелл не сразу удается привлечь внимание бармена. — Привет! Мой друг недавно был здесь. Вы его, случайно, не видели?

Бармен смотрит на нее с прищуром и кивает, словно припоминая:

— Фабьен?

— Да. Да!

Ну конечно, Фабьена здесь все знают.

— Он ушел.

У нее вдруг схватывает живот. Она его упустила. Вот так-то. Бармен наклоняется над стойкой, чтобы наполнить чей-то стакан.

— Merde! — Она чувствует себя совершенно опустошенной.

Возле нее возникает бармен, у него в руке стакан с выпивкой.

— Вы можете попробовать поискать его в «Уайлдкэт». Они с Эмилем обычно там зависают.

— «Уайлдкэт»? А где это?

— Улица Жантильом де... — Голос бармена тонет в раскатах смеха, и он отворачивается, чтобы выполнить заказ очередного клиента.

Нелл выбегает на улицу. Останавливает такси.

— Срочное дело! — говорит она. Водитель, какой-то азиат, выжидательно смотрит в зеркало. — «Уайлдкэт», — говорит она. —

Улица Жантильом как-то там. Ради бога, скажите, что вы знаете, где это!

Он поворачивается к ней:

— Que?

— «Уайлдкэт». Бар. Клуб. Уайлд. Кэт.

Она говорит уже на повышенных тонах. Таксист качает головой. Нелл закрывает лицо руками, пытаясь понять, что делать. Затем опускает стекло и окликает каких-то троих парней, стоящих на тротуаре у входа в бар:

— Простите! Вы знаете «Уайлдкэт»? Бар «Уайлдкэт»?

Один из них, встрепенувшись, кивает:

— А ты что, хочешь нас подвезти?

Она изучает их лица — пьяные, жизнерадостные, открытые — и принимает решение:

— Конечно, если вы знаете этот бар. А где это?

— Мы покажем!

Парни набиваются в такси, пьяные улыбки и рукопожатия. Она решительно отвергает предложение сесть на колени к самому низенькому и принимает ментоловую пастилку из рук того, что повыше. Она зажата между ними, вдыхает пары алкоголя и сигаретный дым.

— Это хороший клуб. Ты там была? — Тот парень, что заговорил с ней первым, наклоняется и энергично трясет ее руку.

— Нет, — отвечает она, а когда он объясняет таксисту, куда ехать, откидывается на спинку сиденья и ждет, чем все это для нее закончится.

Глава 11

— Ну давай еще по одной! Брось! Вечер ведь только начинается. — Эмиль хлопает его по плечу.

— У меня не то настроение.

— У тебя ведь было отличное настроение. Брось! Поедем к Пьеру. Он говорил, к нему собирается целая толпа народу. Тусняк!

— Спасибо, Эмиль. Но я, пожалуй, допью свое пиво и пойду. Завтра же на работу. Сам знаешь.

Эмиль пожимает плечами, прикладывается к бутылке и снова поворачивается к рыжеволосой девице, с которой до этого болтал.

Что ж, это должно было случиться. Фабьен наблюдает за Эмилем, тот весело смеется вместе с этой своей рыженькой. Он уже давно по ней сохнет, но сомневается в ее ответных чувствах. И тем не менее Эмиль вовсе не чувствует себя несчастным. А весело скачет по жизни, точно щенок. *Эй! Давай повеселимся!*

Не смей на него наезжать, одергивает себя Фабьен. Все лучше, чем быть таким лузером, как я.

При мысли о том, что ждет его дальше, Фабьена вдруг охватывает тихий ужас. Томительные вечера в пустой квартире. Потерявшее всякий смысл продолжение работы над книгой. Разочарование из-за исчезновения Нелл. Бесконечное самоедство из-за пустых надежд, что это могло бы перерасти в нечто большее. Фабьен ни в чем не винит Нелл, ведь он как последний кретин даже не удосужился поинтересоваться, есть ли у нее парень. Хотя такие девушки, как она, само собой, не бывают одинокими.

Настроение у Фабьена становится совсем паршивым, и он понимает, что пора домой. К чему нагонять тоску на других? Он хлопает Эмиля по плечу, кивает на прощание остальным и натягивает шапку на уши. На улице он садится на мопед, мучаясь сомнениями, стоит ли управлять транспортным средством после столь обильных возлияний.

Однако он заводит мопед и выезжает на дорогу.

Фабьен останавливается в конце улицы застегнуть куртку и слышит, как ему вслед громко свистит Эмиль. Он оборачивается.

Эмиль на улице возле кучки гуляк. И усиленно машет Фабьену, призывая вернуться.

Фабьен вдруг узнает характерный наклон ее головы, странную манеру стоять, чуть приподняв пятку одной ноги. На раздумья у него уходит не больше секунды. А затем он, широко улыбаясь, разворачивается и едет к ней.

Полтретьего утра. Фабьен выпил столько, что зараз перевыполнил месячную норму. И от смеха у него уже буквально болят бока. В «Уайлдкэт» море народу. Звучит одна из самых любимых мелодий Фабьена. Он так часто включал ее у себя в ресторане во время уборки, что хозяину пришлось наложить на это запрет. Эмиль, настроившийся на волну сумасшедшей вечеринки, вскакивает на барную стойку и под приветственные крики толпы внизу начинает танцевать, тыча пальцем себе в грудь и широко улыбаясь.

Нелл постоянно касается Фабьена рукой, и он накрывает ее ладонь своей ладонью. Она смеется, мокрые пряди волос прилипли к лицу. Она где-то бросила пальто, и теперь Фабьен опасается, что потом его не найдет. Они танцуют уже много часов.

Рыжеволосая подружка Эмиля забирается к нему на барную стойку, ей помогает лес услужливых рук. И вот, прикладываясь к бутылке пива, они уже вместе раскачиваются из стороны в сторону. Бармен отходит подальше и наблюдает. Барная стойка в «Уайлдкэт» не в первый и наверняка не в последний раз становится танцполом.

Нелл пытается что-то сказать Фабьену.

Он наклоняется, чтобы лучше слышать.

— Я еще никогда в жизни не танцевала на барной стойке, — говорит она.

— Да неужели? Тогда вперед! — отвечает он.

Нелл смеется, качает головой, а Фабьен заглядывает ей в глаза. И она вдруг решается. Кладет руку ему на плечо, он помогает ей взобраться, и вот она уже упоенно танцует на барной стойке. Эмиль салютует бутылкой, и Нелл ловит ритм, волосы разметались вокруг лица, глаза закрыты. Она утирает пот со лба и прихлебывает пиво. А тем временем к ним присоединяются еще двое, потом трое танцоров.

Фабьен не поддается искушению. Ему просто хочется быть частью толпы, ощущать вибрацию музыки, смотреть на Нелл и радоваться, что ей весело.

А потом она открывает глаза и ищет его лицо в море человеческих лиц. Находит, улыбается, и Фабьен вдруг понимает, что снова начинает чувствовать нечто давным-давно забытое.

Он счастлив.

Глава 12

Они идут, взявшись за руки, по безлюдным улицам, мимо картинных галерей и огромных старинных зданий. На часах без четверти четыре. У нее болят ноги, в ушах звенит, но она совершенно не чувствует усталости.

Когда они покинули «Уайлдкэт», то едва стояли на ногах — пьяные от жизни, от безумной ночи, от пива и текилы, — но за последние полчаса Нелл каким-то чудом успела протрезветь.

— Нелл, я понятия не имею, куда мы идем.

Однако Нелл наплевать. Она может идти вот так хоть целую вечность.

— Я не могу вернуться в отель. Пит, вполне возможно, еще там.

Он шутливо пихает ее в бок:

— Ты жила в одном номере с этой ужасной американкой. По сравнению с ней он еще не самый плохой вариант.

— Ну нет, предпочитаю американку. Несмотря на ее жуткий храп.

Нелл рассказала Фабьену свою историю. После чего тому явно захотелось как следует врезать Питу. И Нелл, к своему стыду, вдруг поняла, что ей это даже приятно.

— Знаешь, мне немного жаль Пита, — говорит Фабьен. — Он проделал такой путь до Парижа, чтобы найти тебя, а ты убежала с каким-то французом.

Нелл ухмыляется:

— А вот меня совесть вообще не мучает. Ужасно, да?

— Ты определенно бессердечная женщина.

Она еще сильнее прижимается к нему:

— Просто отвратительная.

Он обнимает Нелл за плечи. В результате она все-таки потеряла в клубе пальто, и теперь на ней куртка Фабьена. Он заверил ее, что ему не холодно. Нелл тоже не холодно, но ей нравится идти в его куртке.

— Знаешь, Нелл, если хочешь, можешь остаться у меня.

И она снова слышит голос матери. *Ты идешь в дом к незнакомому мужчине? В Париже?*

— Было бы здорово. Но учти, я не собираюсь с тобой спать.

Ее слова повисают в ночном воздухе.

— Я страшно разочарован, Нелл из Англии, но я понимаю. Ведь святая обязанность бессердечных женщин — разбивать мечты и надежды мужчин.

Он забавно опускает вниз уголки рта. И ей кажется, что такое выражение лица свойственно исключительно французам.

— А где находится твоя квартира?

— Студия. Не слишком элегантная, в отличие от твоего отеля. Может, минут десять ходьбы.

Она понятия не имеет, что будет дальше. И это потрясающе.

Фабьен живет на верхнем этаже дома с узким фасадом и внутренним двориком. Лестница отделана кремовым камнем и пахнет старым деревом и мастикой. Они поднимаются молча. Он успел предупредить ее, что в соседних квартирах живут пожилые дамы. И если он будет шуметь после десяти вечера, то рано утром они заявятся к нему с претензиями. Хотя в принципе он не против такой постановки дела, говорит он. Его квартира совсем дешевая, потому что хозяину лень делать ремонт. Сандрин ненавидела ее, добавляет Фабьен.

Когда они наконец добираются до последнего этажа, Нелл собирает всю свою волю в кулак. Триш однажды встречалась с мужчиной, а оказавшись у него дома, обнаружила, что там все полки заставлены книгами о маньяках.

Фабьен открывает дверь и приглашает Нелл войти. Она останавливается на пороге и смотрит во все глаза.

Квартира Фабьена — это одна большая комната с одним большим окном с видом на крыши. Письменный стол завален листами бумаги. В углу диван-кровать, напротив — большое зеркало. Пол деревянный. Когда-то явно крашенный, но сейчас вытертый и непонятно какого цвета. В конце комнаты — широкая кровать, возле стены — маленький диванчик. Одна стена украшена картинками из журналов.

— Ой! — проследив направление ее взгляда, говорит он. — Я сделал это, будучи студентом. И если честно, мне просто лень отдирать картинки.

Все здесь — письменный стол, стулья, картинки — непривычное и интригующее. Нелл обходит комнату, смотрит на чучело вороны на полке, на кустарный светильник, свисающий с потолка, на коллекцию камешков возле двери в ванную. Телевизор — крохотный ящик, на вид двадцатилетней давности. На каминной доске шесть стаканов и стопка тарелок.

Он растерянно проводит рукой по волосам:

— Жуткий бардак. Я не ждал...

— Нет, тут очень красиво. Тут... волшебно.

— Волшебно?

— Мне просто... очень нравится. Как ты соединяешь вещи. Здесь все словно имеет свою историю.

Он удивленно моргает, будто увидев свою квартиру другими глазами.

— Прошу прощения. Я на секундочку, — говорит он. — Мне только надо... — Он показывает на дверь в ванную.

Возможно, это даже хорошо. Нелл чувствует себя раскованной и безрассудной, ее словно подменили. Она стягивает куртку Фабьена, одергивает платье, медленно обходит комнату и смотрит в окно. Крыши Парижа, темные и залитые лунным светом, таят в себе обещание.

Она переводит взгляд на ворох рукописных страниц. Некоторые почему-то испачканы, со следами грязных подошв. Она берет страницу и начинает выискивать знакомые слова.

Когда он выходит из ванной, у нее в руках уже четыре страницы и она перебирает всю кипу в поисках пятой.

— Почитай мне, но только сразу переводи, — просит она.

— Нет. Это никуда не годится. Я не хочу читать...

— Ну хотя бы вон те странички. Пожалуйста. Чтобы я потом могла сказать: «Когда я была в Париже, самый настоящий писатель читал мне отрывки из своей книги». Это будет частью моего парижского приключения.

Он явно не в силах ей отказать. Тем более что у нее такое умоляющее лицо.

— Я еще никому не показывал своей книги.

Она призывно хлопает по дивану рядом с собой:

— Тогда, может, пора это сделать.

И вот некоторое время спустя он роняет двенадцатую страницу на пол.

— Не останавливайся.

— Не хватает страниц. Да и вообще, я уже говорил, что это никуда не годится.

— Но ты не должен останавливаться. Тебе надо восстановить потерянное и отправить книгу издателю. Книга реально хорошая. Ты непременно должен стать писателем. Ты и есть писатель. Только пока пишущий в стол. — (Он качает головой.) — Да-да, так оно и есть. Это... это чудесно. По-моему... ты замечательно описываешь свою героиню. Ее чувства, ее взгляд на вещи. Я узнаю в ней себя. Она...

Он удивленно смотрит на Нелл. А Нелл, сама себе удивляясь, наклоняется к нему, сжимает его лицо в ладонях и целует. Она в Париже, в квартире незнакомого мужчины, и это, наверное, самый разумный поступок за всю ее жизнь. Она вдруг оказывается в его объятиях и чувствует, как он притягивает ее к себе.

— Нелл... ты прекрасна.

— Твои слова звучат невероятно красиво, потому что это французский. Возможно, я теперь тоже буду говорить с французским акцентом.

Он наливает им по стакану вина, и они просто сидят на маленьком диванчике, тесно прижавшись и соприкасаясь коленями, смотрят друг другу в глаза и улыбаются. А еще разговаривают о работе и родителях. Фабьен признается Нелл, что сегодня вечером она помогла ему освободиться от Сандрин. Нелл рассказывает о Пите и невольно хихикает, мысленно рисуя себе, как он подходит к номеру и, не дождавшись ее, возвращается в холл. А потом они уже оба дружно смеются, представляя, как в номере неожиданно появляется та мерзкая американка и застает там беднягу Пита.

В какой-то момент она выходит в ванную и смотрит на себя в зеркало. Лицо серое от усталости, на голове тихий ужас, косметика размазана вокруг глаз. И тем не менее она словно светится. Она буквально брызжет радостью и озорством.

Когда Нелл возвращается, он рассматривает ее записную книжку.

Нелл застывает на месте:

— Что ты делаешь?!

— А это что такое? — Он показывает ей лист, где написано: «Почему я правильно сделала, что осталась в номере». — Я что, убийца с топором? И я что, могу потребовать секса? — Он громко смеется, но вид у него смущенный.

— Боже мой! Я писала для себя. Где ты это взял? — Она краснеет до корней волос.

— Да вот, выпало из твоей сумки. И я всего-навсего хотел положить твою записную книжку обратно. «Мне придется притворяться импульсивной». — Он удивленно поднимает на Нелл глаза.

Нелл чувствует себя совершенно уничтоженной.

— Ладно. Я не та, за кого ты меня принимаешь. По крайней мере, раньше я была другой. И я вовсе не импульсивная. И я чуть было не отказалась от идеи приехать в клуб, потому что до смерти боюсь таксистов. Просто я позволила тебе считать, что я не такая, какая есть. Мне... очень жаль.

Фабьен внимательно изучает составленный Нелл список, а затем бросает на нее смеющийся взгляд:

— А с чего ты взяла, что ты не та, за кого я тебя принимаю? — (Она ждет.) — Может, кто-то другой танцевал на барной стойке? Или преследовал меня на такси в компании незнакомых нетрезвых мужчин? Или оставил своего парня одного в номере отеля, не потрудившись даже сказать «до свидания»?

Он протягивает Нелл руку. И Нелл позволяет снова себя обнять. Садится к нему на колени и внимательно изучает его симпатичное, добродушное лицо.

— Нет, ты именно такая, Нелл из Англии. Ты такая, какой захочешь быть.

А за окном тем временем постепенно светает. У Нелл кружится голова от вина и усталости. Они снова целуются. Поцелуй длится целую вечность, Нелл и сама теперь точно не знает. Похоже, она так и не протрезвела. Она сидит, прижавшись губами к губам Фабьена, и обводит кончиком пальца черты его милого лица.

— Это была лучшая ночь в моей жизни, — тихо произносит она. — Мне кажется... будто я наконец проснулась.

— Мне тоже.

Они снова целуются.

— Но я думаю, что сейчас нам пора остановиться, — говорит он. — Я стараюсь быть джентльменом. И помню, что ты мне говорила. Поэтому вовсе не хочу, чтобы ты считала меня убийцей с топором или сексуальным маньяком. Или... кем-то там еще.

Нелл берет его за руку.

— Слишком поздно, — бросает она и силком поднимает Фабьена с дивана.

Глава 13

Фабьен просыпается и, не успев толком разлепить глаза, понимает: что-то изменилось. Что-то сдвинулось в мертвой точки, и он больше не ощущает привычной тяжести, с самого утра давящей ему на плечи. Он удивленно моргает, чувствуя странную сухость во рту, и приподнимается на локте. В комнате вроде все по-прежнему. Похоже, он вчера здорово перебрал. Он пытается разогнать туман в голове и неожиданно слышит шум воды в ванной.

И тогда перед его мысленным взором начинает оживать картина прошлой ночи.

Он откидывается на подушку, пытаясь восстановить ход событий. Вспоминает девушку, танцующую на барной стойке, ночную прогулку по Парижу и то, как встречал рассвет в ее объятиях. Вспоминает смех и ее записную книжку с нелепым списком, чарующую улыбку, сплетенные тела.

Фабьен тотчас же вскакивает с постели, чтобы натянуть джинсы и первый попавшийся под руку свитер. Заправляет кофемашину и стремглав бежит в булочную за круассанами. Возвращается к себе и видит, как она выходит из ванной. На ней вчерашнее зеленое платье, мокрые волосы рассыпались по плечам. И оба на секунду замирают.

— Доброе утро.

— Доброе утро.

Она наблюдает за ним, ожидая увидеть его реакцию. Он улыбается, и ее лицо сразу расцветает в ответной улыбке.

— Мне пора возвращаться в отель и ехать на вокзал. Уже... довольно поздно.

Он смотрит на часы:

— Да, ты права. А мне надо на работу. Но у тебя ведь найдется минуточка выпить кофе? Я принес круассаны. Ты не можешь уехать из Парижа, не выпив кофе с круассанами.

— Ладно, на это время точно найдется, если я тебя, конечно, не задерживаю.

Теперь, когда рассеялся дурман прошлой ночи, они чувствуют некоторую неловкость. Они садятся рядышком на накрытую покрывалом кровать, достаточно близко друг к другу, чтобы показать взаимную симпатию, но без намека на нечто большее. Нелл делает глоток кофе и закрывает глаза.

— Как вкусно, — говорит она.

— Сегодня утром мне все почему-то кажется особенно вкусным, — отвечает он.

Он жадно ест, поскольку чувствует себя голодным как волк, но, заметив, что увлекся, останавливается и предлагает Нелл еще круассан, от которого она отказывается. За окном звонят церковные колокола и звонко лает чья-то собачонка.

— Я вот тут подумал, — с набитым ртом говорит Фабьен. — У меня есть идея для новой книги. Она будет о девушке, которая составляла списки на все случаи жизни.

— Ох, я бы на твоем месте не стала об этом писать, — лукаво смотрит на него Нелл. — Кто в это поверит?

— Отличная история. И девушка эта — потрясающая личность. Только у нее слишком тревожная психика. Ей непременно надо все взвешивать...

— Ну да. Все «за» и «против».

— Все «за» и «против». Отличное выражение.

— И что с ней случилось?

— Ну, я пока не знаю. С ней происходит нечто такое, что заставляет ее избавиться от прежних привычек.

— Блин! — восклицает Нелл.

Он ухмыляется, облизывает пальцы и говорит:

— Да, блин!

— Но тебе придется сделать ее настоящей красавицей.

— Мне вовсе не придется ничего делать, поскольку она и есть настоящая красавица.

— И очень сексапильной.

— Ну, для этого достаточно посмотреть, как она танцует на барной стойке.

Он наклоняется к ней, чтобы угостить кусочком круассана, и через секунду они уже целуются. Потом еще и еще. И неожиданно забывают и о круассанах, и о работе, и о поезде до Лондона.

Некоторое время спустя Фабьен высаживает ее у отеля неподалеку от улицы Риволи. Сегодня воскресенье, пробок на дорогах нет. Редкие туристы фотографируют исторические здания. Фабьен уже прилично опаздывает на работу, но в ресторане пока немного клиентов, разве что постоянные посетители, которые приходят посидеть в компании своей собаки за газетой, или приезжие, которым надо убить время до поезда. Хотя чуть позже, часам к четырем, ресторан уже будет набит под завязку.

Фабьен чувствует, что Нелл у него за спиной разжала руки. Она слезает с мопеда, снимает шлем и протягивает Фабьену. Затем возвращает ему куртку, оставшись в измятом зеленом платье.

Она выглядит усталой и какой-то неприбранной, и ему ужасно хочется ее обнять.

— А ты не замерзнешь без пальто? — спрашивает он.

Она задумчиво склоняет голову набок:

— Как ни странно, но в Париже я стала морозоустойчивой.

— Ты точно не хочешь, чтобы я проводил тебя на вокзал? Уверена, что сама доберешься? Не забыла, что я говорил насчет метро?

— Ладно, ты и так здорово опаздываешь. Я сама отлично разберусь.

Они не сводят друг с друга глаз. Она неловко переминается с ноги на ногу, теребя сумку. Фабьен растерян и не знает, что еще можно сказать. Он снимает шлем и задумчиво чешет голову.

— Итак... — произносит Нелл, — пожалуй, надо сходить в номер за чемоданом.

— А ты справишься? С этим своим Питом? Может, все-таки тебя проводить?

— Ой, да из-за *Пита* я меньше всего переживаю. — Она забавно морщит нос, и Фабьену хочется ее поцеловать.

И тогда он не выдерживает и говорит:

— Ну как, Нелл из Англии? Я... увижу тебя снова?

— Даже и не знаю, Фабьен из Парижа. Мы ведь практически незнакомы. А что, если у нас нет ничего общего? И вообще, мы ведь живем в разных странах.

— Что верно, то верно.

— А кроме того, у нас с тобой была идеальная ночь в Париже. И грех было бы ее испортить.

— И это тоже верно.

— Ты ведь у нас очень занятой парень. У тебя есть работа и книга, которую еще предстоит написать. Более того, ты просто обязан ее написать. И очень быстро. Мне не терпится узнать, что сталось с той девушкой.

Лицо Нелл как-то странно изменилось. Теперь она выглядит раскрепощенной, счастливой, уверенной. Неужели такая разительная перемена может произойти всего за двадцать четыре часа?! И почему у него язык вдруг словно присох к гортани? Фабьен уныло ковыряет носком ботинка тротуар. И как такое может быть, что человек, который, в общем-то, дружит со словами, сейчас не в состоянии подобрать ни одного подходящего?! Нелл оглядывается на дверь отеля.

— Кстати, эта твоя история... — неожиданно начинает она. — Я забыла спросить. А чем она заканчивается?

Фабьен уже успел оседлать мопед. Он наклоняется вперед, практически ложась грудью на руль, и смотрит ей прямо в глаза:

— Не имею представления. — (Она удивленно приподнимает брови.) — Я понял, что самые интересные истории — это о людях, способных принять решение.

— Ладно, тогда давай посмотрим, какое решение приняла твоя девушка. — Нелл достает из сумки записную книжку и протягивает ему. — Вот. Для твоих изысканий. Она мне больше не понадобится.

Фабьен ошарашенно смотрит на записную книжку. На первой странице адрес и номер телефона. Он бережно засовывает книжку в карман куртки. Нелл наклоняется и, погладив его по щеке, еще раз целует в губы.

— Что ж... поглядим, что будет дальше, — говорит Фабьен.

— Ладно. Поживем — увидим.

Они пристально смотрят друг на друга, и Фабьен наконец, понимая, что пора расставаться, надевает шлем. Оглушительный рев мотора, быстрый взмах рукой — и вот уже Фабьен мчится в сторону улицы Риволи.

Глава 14

Нелл, продолжая улыбаться, входит в отель. Знакомая администраторша, как всегда, сидит за блестящей стойкой. И у Нелл невольно возникает вопрос: есть ли у этой женщины дом, или она всегда так и спит стоя, словно жираф? Нелл, по идее, должно быть неловко, что она без пальто и во вчерашнем платье, но, если честно, ей наплевать.

— Доброе утро, мадемуазель.

— Доброе утро.

— Полагаю, вы хорошо провели вечер?

— Чудесно! — отвечает Нелл. — Благодарю. Я даже и не предполагала, что Париж... такой веселый город.

Женщина одобрительно кивает и награждает Нелл едва заметной улыбкой:

— Счастлива слышать это, мадемуазель.

Нелл делает глубокий вдох и с тоской смотрит на лестницу. Похоже, сейчас ее ждет самое неприятное. То, чего она больше всего боялась. Как бы она ни храбрилась перед Фабьеном, ей ужасно не хочется выслушивать обвинения Пита и вступать с ним в перепалку. Более того, в глубине души Нелл страшно переживает за свой чемодан. А что, если Пит сделал с ним что-нибудь ужасное? Вообще-то, он не из тех мужчин, кто способен на мелкие пакости, хотя бог его знает. И поэтому Нелл продолжает стоять в холле, собираясь с духом, чтобы подняться в свой номер.

— Мадемуазель, я могу вам еще чем-то помочь?

Нелл поворачивает голову и улыбается:

— Спасибо, вы очень любезны. Но мне сейчас придется подняться наверх и... объясниться со своим другом. Он, должно быть, сердится на меня за то, что я не включила его в свои планы на вчерашний вечер.

— К сожалению, должна вам сообщить, что его здесь нет.

— Нет?!

— Правила отеля. Вы ушли, а я не имела права оставлять в номере постороннего человека. Ведь номер забронирован на ваше имя. Поэтому Луи пришлось попросить его удалиться.

— Луи?

Администраторша кивает в сторону портье, этакого здоровяка размером со шкаф, который везет тележку, нагруженную чемоданами. Услышав свое имя, он приветственно машет Нелл.

— Так, значит, моего друга нет в номере?

— Нет. Мы направили его в молодежный хостел. Правда, боюсь, он был не слишком доволен.

— Ой, ну надо же! — Нелл прикрывает рот рукой, едва сдерживая смех.

— Прошу прощения, мадемуазель, если это доставило вам проблемы. Однако его имени не было в информации о бронировании, и он приехал не с вами, и поэтому... раз уж вы ушли... Словом, это был вопрос безопасности. — Администраторша едва заметно улыбается. — Правила отеля.

— Правила отеля. Действительно. Очень важно соблюдать правила отеля, — говорит Нелл. — Что ж... э-э-э... большое вам спасибо.

— Ваш ключ. — Администраторша протягивает ей ключ от номера.

— Спасибо.

— Надеюсь, вы остались довольны своим пребыванием в Париже?

— Ох, более чем. — Нелл с трудом сдерживает порыв обнять эту замечательную женщину. — Еще раз огромное спасибо. Лучшего отеля, чем ваш, наверное, не бывает.

— Очень приятно слышать это, мадам, — отвечает администраторша и возвращается к своим бумагам.

Нелл медленно поднимается по лестнице. Она только что включила телефон, и теперь один за другим выскакивают все новые и новые сообщения, причем некоторые набраны прописными буквами и содержат кучу восклицательных знаков. Она бегло проглядывает их и сразу же стирает. Зачем портить себе настроение?!

Однако самая последняя эсэмэска пришла уже в десять утра, от Магды.

Ты в порядке? Мы с нетерпением ждем новостей. Прошлой ночью Пит послал Триш крайне странное сообщение, и мы теряемся в догадках, что происходит.

Нелл, с ключом в руках, останавливается перед дверью номера сорок два и прислушивается к колокольному звону над Парижем, к звукам французской речи внизу, в холле. Вдыхает полной грудью аромат кофе, перебивающий запах мастики и ее несвежей одежды. Нелл стоит, погруженная в воспоминания, и счастливо улыбается. Немного подумав, она печатает текст:

У меня был улетный уик-энд. Лучший в жизни.

Содержание

Мойес Дж.
М74 Две встречи в Париже : повести / Джоджо Мойес ; пер. с англ. О. Александровой. — М. : Иностранка, Азбука-Аттикус, 2021. — 256 с.

ISBN 978-5-389-11260-5

«Медовый месяц в Париже» — это предыстория событий, которые разворачиваются в романе Мойес «Девушка, которую ты покинул». Лив и Софи разделяют почти сто лет, но они обе стоят на пороге семейной жизни, обе надеются на счастливый медовый месяц с любимым мужчиной...
«Одна в Париже» — это рассказ о Нелл, скромной и любящей все просчитывать заранее. Однако она мечтает провести романтический уик-энд со своим другом в Париже, а потому по собственной инициативе организует такую поездку. Но ее друг не является на вокзал, и Нелл едет в Париж одна. Она решает доказать себе, что способна на авантюры. Во французской столице Нелл знакомится с загадочным мотоциклистом Фабианом и его бесшабашными друзьями...

УДК 821.111
ББК 84(4Вел)-44

Литературно-художественное издание

ДЖОДЖО МОЙЕС
ДВЕ ВСТРЕЧИ В ПАРИЖЕ

Ответственный редактор Ольга Рейнгеверц
Редактор Ольга Давидова
Художественный редактор Виктория Манацкова
Технический редактор Татьяна Раткевич
Компьютерная верстка Михаила Львова
Корректоры Лариса Ершова, Анна Быстрова

Подписано в печать 04.12.2020. Формат 70×90 1/32.
Печать офсетная. Тираж 5000 экз. Усл. печ. л. 9,36.
Заказ № 7548/20.

Знак информационной продукции
(Федеральный закон № 436-ФЗ от 29.12.2010 г.): 16+

ООО «Издательская Группа „Азбука-Аттикус"» —
обладатель товарного знака «Издательство Иностранка»
115093, г. Москва, ул. Павловская, д. 7, эт. 2, пом. III, ком. № 1
Филиал ООО «Издательская Группа „Азбука-Аттикус"»
в Санкт-Петербурге
191123, г. Санкт-Петербург, Воскресенская наб., д. 12, лит. А
ЧП «Издательство „Махаон-Украина"»
Тел./факс: (044) 490-99-01. E-mail: sale@machaon.kiev.ua
Отпечатано в соответствии с предоставленными материалами
в ООО «ИПК Парето-Принт».
170546, Тверская область, Промышленная зона Боровлево-1,
комплекс № 3А.
www.pareto-print.ru

H-JJM-19289-10-R